Mes amies, mes amours, mais encore ?

AGATHE
COLOMBIER HOCHBERG

Mes amies, mes amours, mais encore ?

roman

HARPERCOLLINS FRANCE

83-85, boulevard Vincent-Auriol, 75646 PARIS CEDEX 13.
Service Lectrices — Tél. : 01 45 82 47 47

www.harlequin.fr

ISBN 978-2-2804-2962-7

Merci à mes trois piliers :
Olivier, Jérôme, Laurent.
Et à : Delphine, Cécile, Véronique, Coralie,
Lionel, Laurence, Nicolas, Isabelle, Orli,
Carole, Lisa, et Sylviane Lévy.

Chapitre 1

— Tu vas voir, dit Victor tandis qu'ils montent sur la péniche, je suis sûr que l'endroit te plaira.

Jeanne descend l'escalier en colimaçon en plissant les yeux, car la pièce est très mal éclairée. Au moment où elle commence à distinguer quelques silhouettes, les lumières s'allument et une cinquantaine de personnes hurlent : « Joyeux anniversaire ! »

Elle recommence à cligner des yeux, cette fois parce qu'une énorme lampe est braquée sur elle. Au bout de la lampe, une caméra vidéo ; au bout de la caméra, un homme qui la filme en souriant.

Tout le monde chante et applaudit. Victor jubile, il enlace Jeanne qui répond maladroitement à son étreinte, puis il cède la place aux proches qui se pressent autour d'elle.

En embrassant chacun, elle découvre avec stupeur leur accoutrement : Elvis, une bonne sœur, quelques hippies, un couple de marquis, Madonna, Cléopâtre, Tarzan et Jane... Il lui faut parfois plusieurs secondes pour deviner lequel de ses amis se trouve face à elle.

Victor lui glisse fièrement :

— Le carton disait : « déguisement obligatoire » !

Ne t'inquiète pas, j'ai prévu quelque chose pour toi aussi...

Il l'entraîne dans une cabine où l'attend un sac posé sur un lit. Elle l'ouvre et en sort une minijupe en skaï, un débardeur très décolleté, et une paire de sandales dorées à talons aiguilles.

— Qu'est-ce que c'est que ça ? souffle-t-elle.

— C'est ton costume ! Tu ne devines pas ? C'est *Pretty Woman* ! Tu avais adoré le film, et le type de la boutique m'a dit que c'est un de leurs modèles qui marchent le mieux !

Du bout de son pouce et de son index, Jeanne, l'air franchement dégoûté, extirpe une perruque du fond du sac.

— Et ça ?

— La touche finale pour faire Julia Roberts. Sinon, tu ne serais pas crédible avec tes cheveux courts. Allez, dépêche-toi, tout le monde t'attend...

Il sort de la cabine.

— Et toi, tu ne te changes pas ?

— Je suis déjà déguisé, dit-il, en désignant l'impeccable costume Cerruti qu'il porte. En Richard Gere !

La porte se referme derrière lui.

Lorsque Jeanne vient rejoindre ses invités, le volume sonore augmente encore, et une voix tonitruante retentit :

— Allez ! Tout le monde sur la piste pour accueillir Jeanne !

Elle découvre un DJ qui tape dans ses mains en rythme, juché sur une estrade, tandis que plusieurs personnes la poussent malgré elle au milieu de la piste.

Inutile de résister ; elle danse en essayant de s'abandonner à l'exaltation ambiante.

*
* *

Quand elle estime qu'elle peut enfin souffler un peu, elle s'approche du bar pour prendre un verre d'eau, et regarde autour d'elle, encore occupée à détailler les costumes de chacun. Tout le monde a l'air de s'amuser. Violette Meyer et sa sœur Maud bavardent dans un coin.

Maud va danser et Violette vient rejoindre Jeanne.

Longue et fine, des yeux noirs et de longs cheveux épais et bruns, Violette semble très à l'aise dans un costume de gitane. Jeanne admire le mélange de douceur et de féminité qui se dégage d'elle.

— Tu es splendide ! s'exclame Jeanne.

— Tu trouves ? C'est ma fille qui m'a donné l'idée, elle trouve que je ressemble à Esméralda.

— Vous ne deviez pas repartir quelques jours ?

— On part demain pour La Baule, juste Élise et moi, la rentrée est un peu plus tard dans son école... Alors, c'est une belle surprise, non ?

— Bien sûr. Simplement, j'ai un peu de mal à danser avec des talons pareils. Et puis j'ai horriblement chaud avec cette perruque. Et surtout, je me trouve vulgaire...

— Enlève la perruque si c'est insupportable. Mais sinon, tu es très bien ! Tu ne manges rien ? Goûte, c'est délicieux, c'est Natacha qui a conseillé Victor pour le buffet...

— C'est vrai, je plaide coupable ! renchérit une voix derrière elle.

Natacha Fernet se tient derrière Jeanne en souriant. Son costume de fée Clochette sied parfaitement à sa petite taille et ses cheveux blonds relevés en chignon.

Jeanne regarde le buffet ; une petite pile de serviettes

indique le nom d'un excellent traiteur et, effectivement, il y a toutes sortes de plats appétissants.

— C'est sans doute pour ça qu'il y a tout ce que j'aime, lui répond Jeanne. Il est adorable, ton costume !

— Taille 12 ans au Disney Store ! J'ai un peu honte, en même temps, c'est un vieux fantasme... En revanche, le DJ, je te promets que je n'y suis pour rien !

Jeanne et Violette éclatent de rire. Comme pour leur donner raison, celui-ci choisit ce moment précis pour reprendre son micro :

— Allez ! Tout le monde saute ! Je veux de l'ambiance !... On saute plus haut, allez ! Je veux qu'on coule le bateau.

— Non mais, il va se calmer ! dit un homme portant un masque à l'effigie de Jacques Chirac. D'où il sort, l'allumé au micro ? ! J'espère que ce n'est pas à ma femme qu'on doit sa présence...

— Philippe ! Je ne t'avais pas reconnu... Non, Natacha n'y est pour rien...

— C'est qui, les types en Blues Brothers ? demande Violette.

— Des collègues de Victor, répond Jeanne.

— On va trouer le plancher ! hurle le DJ.

— J'appelle Sainte-Anne, dit Philippe en s'éloignant.

Jeanne enlève sa perruque, la jette sur un divan, et ébouriffe ses cheveux courts.

Une heure plus tard, sur les ordres du DJ, tout le monde encercle Jeanne pendant qu'elle souffle ses trente-cinq bougies. Le cameraman s'approche si près d'elle qu'il la brûle avec sa lampe, puis on l'escorte jusqu'à une table couverte de cadeaux.

— Bon anniversaire, ma chérie, lui dit Victor.

Sa mère, qu'elle vient seulement de reconnaître,

lui met un cadeau à l'enseigne de la marque Tiffany dans les mains.

— Ça commence très fort ! crie le DJ, qui exulte à l'idée de commenter les cadeaux. Jeanne, montrez bien les cadeaux à tout le monde, s'il vous plaît !

Elle a juste le temps d'apercevoir sa cousine retirer discrètement un sac en plastique de la pile avant que ne commence l'ouverture des sacs griffés.

Quand le grand déballage prend fin, le DJ lui met son micro dans les mains. Elle peut enfin remercier Victor et ses invités pour cette soirée inoubliable.

Les invités s'en vont par petits groupes. Jeanne finit la soirée, comme tant d'autres auparavant avec Natacha, Violette et Maud, tandis que leurs maris prennent l'air sur le pont de la péniche.

Les trois amies enlèvent leurs chaussures, allongent leurs jambes sur des chaises, et picorent sans honte des morceaux de gâteaux dans les assiettes abandonnées.

Chapitre 2

J'aurais dû m'en aller.

Quand je pense qu'ils ont tous été obligés de se déguiser… Ma mère, en Tina Turner… Mais quelle honte ! Je ne lui pardonnerai jamais.

Déguisement obligatoire, je rêve ! Ils auraient dû désobéir. Ou rester chez eux.

Comment a-t-il pu penser une seconde que cette soirée me ferait plaisir ? Moi qui n'aime que les petits comités… Il devrait le savoir, depuis le temps. À croire qu'il l'a fait exprès.

S'il savait… S'il savait que, pour la première fois de ma vie, je me suis sentie vieille. Jusqu'à présent, j'étais protégée par nos années d'écart, je me croyais éternellement jeune.

Mais cette fois, c'est sûr, moi aussi je suis vieille, ce n'est pas normal de se sentir si mal à une fête organisée pour me faire plaisir.

J'ai vieilli et qu'est-ce que j'ai appris ? Qu'une foule de choses qui m'auraient plu avant m'écœurent désormais.

Pas envie de voir tous ces gens. Toujours les mêmes gens. Un peu plus abîmés. Comme moi.

J'ai vieilli aujourd'hui comme tous les jours, mais un peu plus, dit le calendrier.

Et c'est une raison pour faire la fête, sans doute... Pendant la soirée, j'ai regardé les femmes autour de moi en me demandant à quelle catégorie j'appartenais. Je n'ai pas trouvé ma place. J'ai dû changer sans m'en rendre compte, comme les autres. Dans certains cas, il vaut mieux ne pas voir.

J'aurais dû partir. Partir, dès que j'ai compris ce qui m'attendait : le DJ foireux, les gens que je n'avais pas envie de voir... Mais qu'est-ce qu'il lui a pris d'inviter les Schmitt ? Et d'oublier Fabrice et Anne... Quel con ! J'aurais dû me sauver, dès que j'ai vu l'abruti qui filmait avec sa grosse lampe aveuglante.

D'ailleurs, je suis sûre que si j'étais partie, personne n'aurait remarqué mon absence. Pas avant un bon moment, en tout cas. À part les filles, bien sûr.

C'est affreux de se dire que l'homme qu'on a épousé vous connaît si mal... Qu'il n'a rien appris, rien compris de moi. En dix ans ! C'est qu'il ne comprendra jamais rien.

Pourtant, moi, je le connais. D'ailleurs, c'est facile, il n'a pas changé d'un pouce.

Au début, je le trouvais parfait. Alors, qu'est-ce qui a changé en moi ?

Je suis encore émue quand je revois notre rencontre, son arrivée providentielle à ce dîner mortel. Son élégance. Ma fierté quand j'ai vu qu'il me regardait... Ce moment où il m'a demandé pourquoi je le vouvoyais. « C'est à cause de mes parents qui m'ont dit qu'il faut toujours vouvoyer les personnes plus âgées. »

Son sourire, imperturbable malgré ma gaffe.

Notre premier baiser, le soir même. À l'époque, rien n'allait trop vite pour nous.

Je sais aujourd'hui que lorsqu'il m'a demandée en mariage, je n'ai pas vraiment réfléchi.

Le « oui » s'imposait, ne serait-ce qu'à cause du nombre de personnes qui me disaient quelle chance c'était d'épouser un homme pareil. « Un si grand médecin... »

De toutes les manières, il n'y avait pas de place pour mon hésitation : il avait décidé.

Peut-être que je fais partie de ces gens qui dépendent des certitudes des autres.

Ma frustration, chaque début d'année, en remplissant la page de garde de mon agenda, à cause de la case « Personne à prévenir en cas d'accident ». Je trouvais ça humiliant d'écrire encore le nom de mes parents à 25 ans.

Mais je ne me suis pas mariée pour ça.

Non, je le trouvais parfait.

Pourtant il y avait des signes.

Je les vois maintenant.

C'est toujours facile après coup.

Chapitre 3

Jeanne verse du lait dans les bols. Ses enfants sont sagement assis à leur place, Lucas bâille, tandis que Charlotte lit pour la centième fois les informations inscrites sur le paquet de céréales.

Jeanne attend qu'ils aient commencé à manger, puis elle va dans sa chambre et commence à s'habiller. Victor se rase dans la salle de bains adjacente. Il la regarde dans le reflet du miroir.

— Tu es bien silencieuse. Hier soir, déjà, tu as à peine ouvert la bouche.

— Je suis crevée, et je ne me sens pas très bien. Je crois que j'ai une crise de foie.

— Ah bon ? Tu n'as pas aimé la soirée ?

— Mais si, bien sûr.

— Alors, dis-le !

— Je suis contente, je te remercie, c'était une très belle fête.

— Quel enthousiasme.

— C'est juste que pour mon déguisement, franchement, je ne sais pas ce qui t'a pris. J'étais vraiment mal à l'aise...

— Je ne vois pas pourquoi, ça t'allait très bien !

— Un déguisement de pute, Victor ! Il n'y avait rien d'autre susceptible de m'aller ?

— Tu exagères ! Pour moi, tu étais Julia Roberts...

— Et pour le reste de l'assistance, j'étais une pute !

— C'est tout ce qui te préoccupe, ce que les gens ont peut-être pensé ?

— Oui, ça me préoccupe. Et ce n'est pas peut-être, c'est sûrement. Sans compter les réflexions déclenchées par ton cadeau ! Est-ce que tu étais vraiment obligé de m'offrir de la lingerie devant cinquante personnes ?

— Tu adores la lingerie !

— Cinquante personnes, Victor !

— Cinquante amis !

— Quelques amis, des relations, ma mère, sans compter certains de tes confrères...

— Tu sais quel est le problème ? Tu n'es jamais contente. Je me donne un mal de chien pour te faire plaisir, mais tu n'es jamais contente !

— Non, Victor, tu te donnes un mal de chien pour te faire plaisir, ce n'est pas du tout pareil.

Ils se regardent sans rien dire. Puis Jeanne rompt le silence.

— Je file, les enfants aiment arriver en avance le jour de la rentrée.

Jeanne coince le téléphone dans le creux de son épaule, pour mieux inspecter sa collection d'orchidées.

« ... Oui, vraiment une surprise totale... Je sais, Victor est exceptionnel. Enfin, je voulais vous remercier, j'ai été très heureuse de vous voir, et franchement vous m'avez gâtée, il ne fallait pas... La semaine prochaine, pourquoi pas ? Il faut juste que je consulte mon mari, c'est lui le maître du logis et du calendrier... »

Jeanne glousse, du petit rire de gorge qu'elle emploie

systématiquement quand elle parle aux relations de Victor.

« Je vous rappelle pour convenir d'une date, je dois vous laisser, on sonne. »

Elle raccroche et ouvre la porte à Natacha. Son amie porte un carton ouvert qui déborde tellement de victuailles que seuls ses yeux et le haut de sa tête sont visibles. Ainsi chargée, elle semble encore plus petite.

— Tout ça pour trois tartes ? s'étonne Jeanne.

— C'est pas trois, c'est... autant que tu peux ! répond Natacha en laissant tomber le carton par terre. La bonne femme m'a rappelée, il y a plus de monde que prévu... Mais le budget reste le même, évidemment...

— Il faut que tu arrêtes de bosser comme ça ! Franchement, faites une grille de prix en fonction du nombre de personnes !

— Bien sûr, c'est ce qu'on fera, dès qu'on sera bien implantés... Tu en fais une tête, ça va ?

— Oui, je suis crevée.

— Pas encore remise de la fête ? Il est incroyable, ton Victor ! Un mois qu'il préparait la soirée en cachette.

Jeanne lui tourne le dos, occupée à sortir les plats d'un placard. Soudain, elle s'arrête net et fond en larmes.

— Mais qu'est-ce qui t'arrive ?... J'ai dit quelque chose ?

— Non, c'est pas toi... C'est rien.

— Non, c'est pas rien !

Natacha s'approche d'elle, complètement décontenancée.

— Dis-moi ce qui se passe, dit-elle doucement.

— Cette fête, c'était... C'était tout ce que je déteste...

— Je m'en doutais un peu, répond Natacha en souriant. Ce n'est pas grave, tout le monde s'est amusé, et ça partait d'un bon sentiment.

— Si, c'est grave, c'est grave d'être mariée à un étranger. C'est grave d'être mariée à quelqu'un qui est incapable de te faire plaisir...

— Qu'est-ce qui t'aurait fait plaisir ?

— ... Je ne sais pas... Quelque chose pour moi, plus petit, avec les gens que j'aime vraiment... Une soirée sans prétention, mais pensée pour moi. Tiens, le prof d'anglais des enfants, il m'a offert un livre. Tu ne peux pas imaginer à quel point ça m'a touchée. Un simple livre de poche.

— Écoute, tu connais Victor ! Il prend des décisions et après, rien ne l'arrête...

— Il décide aussi pour les autres. Il sait tout mieux que tout le monde, et surtout mieux que moi ! J'ai toujours détesté cette suprématie de celui qui est plus âgé... J'ai l'impression de ne jamais avoir fait le moindre choix... Rappelle-toi notre mariage : le lieu, le menu, la musique, le photographe, il a tout choisi sans me demander mon avis ! Toutes mes amies fiancées se plaignaient que leur mec s'intéressait à peine aux préparatifs, et pour moi c'était l'inverse.

— Qu'est-ce que tu veux, c'était son second mariage...

— Mais pour moi, c'était le premier ! Il m'a volé ma soirée.

— Mais il a accepté le thème que tu as proposé pour le dîner...

— Parce qu'il aimait l'idée de sortir des sentiers battus, et que l'Inde était à la mode. Mais ce que tu ne sais pas, c'est que quelques jours avant la réception, il m'a annoncé qu'il s'était commandé un costume traditionnel avec babouches, turban, etc. J'étais effondrée ; je lui ai dit que je croyais épouser James Bond, pas Aladin. Il m'a dit que j'étais trop sérieuse, que ce serait plus marrant si on jouait le jeu à fond ! « Plus marrant » !... Le plus beau jour de ma vie !

— L'organisation du mariage est toujours une source de disputes. Pour tous les couples. C'est ce qui se passe avant et après qui compte.

— Avant, c'était difficile. Avec son fils. Il se méfiait de moi, c'est normal. Au début de notre relation, lorsque Paul venait passer le week-end chez son père, il dormait dans notre chambre, sur un lit de camp ! Et moi, je n'osais rien dire, je voulais juste me faire accepter.

— Ça a duré longtemps ?

— Jusqu'à notre mariage.

— Tu ne m'en as jamais parlé.

— J'avais honte ! Je savais que ce n'était pas normal. Ensuite, j'ai quand même réussi à convaincre Victor qu'il fallait habituer son fils à dormir dans sa chambre. Il a fallu qu'il se batte pour lui faire comprendre qu'il ne pouvait pas nous accompagner en voyage de noces, et encore, Paul a déclaré que si on faisait des voyages sans lui, on devrait les refaire avec lui...

— Ce qui compte, c'est que Victor t'ait donné raison...

— Tu sais, j'ai de drôles de souvenirs de notre voyage de noces. Quand on s'est retrouvés seuls au début, c'était très étrange. Ça ne nous était presque jamais arrivé puisque les week-ends où Paul n'était pas là, on voyait toujours plein de monde. Une fois en tête à tête pendant plusieurs jours, on a réalisé qu'on n'avait pas forcément grand-chose à se dire, il y avait déjà des blancs pendant les repas. Déjà. La deuxième semaine, on est allés dans le Midi, chez mes parents. C'était super. De toute façon, je ne pense pas que j'aurais supporté qu'on soit deux semaines en tête à tête... Je crois que c'est pour ça que j'ai été d'accord pour faire un bébé tout de suite : on n'était pas faits pour être deux. Paul nous accompagnait en vacances, on n'avait pas d'intimité, alors, tant qu'à faire, autant avoir mes propres enfants.

— Mais après ?

— Après, rien ne s'est passé comme prévu. On est entrés dans une sorte de spirale : les petits sont nés, un garçon, une fille, « le choix du roi », n'est-ce pas ? Et je souriais bêtement... Je n'avais plus qu'à être une bonne épouse et élever mes enfants en faisant semblant de viser la perfection. On s'est dit que je travaillerais plus tard, quand ils seraient grands. La suite, tu la connais...

— Pourquoi tu reviens sur tout ça ?

— Je ne sais pas. Viens, on va faire les tartes.

— Tu n'es pas heureuse ?

— Oh, je n'irais pas jusque-là...

— Pourtant, c'est ce que tu es en train de me dire.

— Je suis fatiguée, ne fais pas attention. Allez, les tartes !... Tu veux bien ?

Sans attendre la réponse, Jeanne s'enfuit vers la cuisine où l'attendent ses moules et ses casseroles, si régulièrement astiqués qu'ils semblent neufs.

Elle sort rapidement les ustensiles dont elle aura besoin. Cet étalage d'objets sagement alignés sur la table la rassure. Elle contemple le spectacle ; tout est utile, harmonieux, à sa place. La photo est parfaite.

Elle aimerait tant que ce que sa vie soit à cette image.

Chapitre 4

Vingt-cinq degrés sur la plage de La Baule.

Violette Meyer essaie de se concentrer sur un article de la revue *Nature* portant sur le calcium intracellulaire. Elle est biologiste, et ne perd jamais une occasion de se documenter sur sa spécialité. Un peu plus loin, sa fille Élise fait des pâtés de sable avec d'autres enfants.

Soudain, Violette entend Élise pleurer, et se précipite vers elle pour la découvrir aux prises avec un petit garçon qui lui a jeté du sable dans les yeux. Un homme blond l'a devancée, il gronde l'enfant en allemand tout en lui jetant à son tour du sable dans les yeux. Puis il laisse son fils à ses larmes, et s'éloigne dignement après avoir salué Violette de la tête. « L'Allemand est efficace, se dit-elle en lui rendant son salut. Un peu radical, mais efficace. »

Violette prend sa fille dans ses bras, et la console en lui caressant les cheveux. Elle adore ces petits accidents qui donnent lieu à des câlins fortuits.

— Allez, viens, on va manger une glace.

Élise refuse, mais Violette insiste. L'été précédent, le jeu préféré d'Élise était d'aller voir toutes les mères sortant le goûter de leurs enfants et de leur dire d'un air implorant :

— Madame, s'il te plaît, je meurs de faim !

Violette avait beau démentir, rien n'altérait les regards chargés de doutes ou de reproches des autres mères. Une humiliation dont elle ne s'est toujours pas remise. Et puis qui sait s'il n'y avait pas une part de vérité ? Elle préfère désormais gaver sa fille plutôt que lui laisser l'occasion de se plaindre de malnutrition.

Elle rassemble leurs affaires, et entraîne sa fille vers le marchand de glaces.

Tandis qu'elles font la queue, Violette change sa montre de poignet, un pense-bête censé lui rappeler d'acheter un parfum à sa belle-mère. Élise observe les bacs remplis de crème glacée, très absorbée.

— Tu as du mal à choisir ? demande Violette.

— Non, je prends chocolat et chocolat. Elle serre sa poupée contre elle. Et pour Miyayi, ce sera la même chose.

— Non, ma chérie, je n'achète pas de glace pour ta poupée.

Élise va protester, mais, sentant sa cause perdue, elle préfère abandonner.

— Dis, maman, ça fait longtemps qu'on n'a pas vu ton mari !

— Tu veux dire ton papa, chérie. C'est parce qu'il travaille, mais tu vas le voir demain, dès notre retour, et...

— Et quand t'étais petite, ça existait, les autobus ?

Ce n'est pas la première fois que Violette songe que les formulations déroutantes de sa fille cachent un constat qui mériterait d'être analysé. Comme souvent, le sujet potentiellement dérangeant est aussitôt balayé, et cette fois encore, elle laisse la digression faire son œuvre.

*
* *

Plus tard, à l'hôtel, Violette regarde sa fille dormir, puis elle attache ses longs cheveux et commence à faire les valises en vue de leur retour.

Ranger lui est facile ; un plaisir, même. Très méthodique, Violette trouve la paix dans l'ordre et la logique. Il y a des règles pour tout, y compris pour faire sa valise.

Le rangement de fin de voyage est simple : un sac pour le linge sale, un autre pour ce qui est propre, il ne reste qu'à plier et disposer consciencieusement ce qui n'a pas été utilisé, une activité suffisamment mécanique pour réfléchir en même temps à l'article de *Nature* et établir la liste des points à soulever lors de la prochaine réunion au laboratoire.

Les valises du départ sont plus difficiles à faire. Violette choisit ses vêtements avec soin à partir de deux couleurs dominantes, en général le noir et le blanc. Chaque bas doit aller avec au moins deux hauts, car un vêtement qui ne serait porté qu'une fois la chargerait inutilement. Violette déteste le superflu.

Puis elle finit avec deux ou trois corsages de couleurs vives. Ce sont les règles.

Elles lui viennent de son père, qu'elle a souvent observé se préparer avant un voyage d'affaires. Lui finissait toujours par les cravates, assez fantaisistes pour suggérer une certaine personnalité tout en affirmant sa sobriété.

De même, au dernier moment, Violette se force à insérer quelques touches de couleur pour égayer sa sélection, obéissant alors à un ordre dont elle a oublié la provenance.

Pas de choix draconien pour les affaires d'Élise. Violette choisit avec tendresse ce qui lui va le mieux, c'est-à-dire tout. Puis elle complète chaque ensemble d'un petit gilet afin qu'elle n'ait pas froid, même si elle sait d'avance qu'en aucun cas, sa fille n'acceptera de le porter. L'odeur de sa fille conjuguée à celle du linge propre lui procure un bien-être absolu.

Violette referme le dernier sac, elle observe à nouveau sa fille qui n'a pas bougé, puis s'allonge près d'elle avec son bloc-notes.

Chapitre 5

Élise, mon ange,

Aujourd'hui, en t'observant, je pensais à plein de choses que je ne peux pas encore te dire. Alors j'ai décidé de te les écrire, pour garder un peu du temps qui court.

J'aime les matins de nos vacances, lorsque tu te réveilles et viens te blottir contre moi, toute gorgée de soleil et dorée comme un abricot. J'aimerais que tu restes toujours comme aujourd'hui. Ma toute petite fille qui a tellement hâte de porter des « trian-gorge ».

Bientôt ce sera la rentrée des classes, et cette fois je ne pleurerai pas. Même quand ta main lâchera la mienne sans regret, et que tu me lanceras un petit « Bye ! », je ne pleurerai pas.

Je me dirai que j'ai de la chance d'avoir un enfant épanoui, plutôt qu'une pleureuse qui s'accroche à mes jupes. Je me répéterai que non, ça ne veut pas dire que tu n'as plus besoin de moi. C'est promis, je ne pleurerai pas.

Je ne sais pas pourquoi les gens s'intéressent

seulement aux enfants quand ils demandent comment s'est passée la rentrée. L'épreuve la plus terrible est pour les mamans.

Le commencement de la fin, le jour où la société établit que leur tout-petit ne leur appartient plus.

Je sais qu'il y aura de multiples occasions de craquer mais je tiendrai bon : spectacles, chorales, carnaval de l'école... À chaque fois, j'y vais mi-réjouie, mi-tendue parce que je sais que, une fois encore, je serai au bord des larmes.

Je dois être la seule, car lorsque je regarde autour de moi, je ne vois que des parents souriants, détendus. Certains filment ou prennent des photos ; d'autres profitent simplement de l'instant. Moi, je baisse la tête pour cacher mon trouble, je respire à fond pour tenter de réduire l'étau qui m'oppresse. Je me demande si c'est ma petite fille qui me bouleverse, ou le souvenir de celle que j'ai été.

Le pire, c'est le club des Poussins, l'été. Je t'emmène à tes cours de natation le matin, puis au miniclub l'après-midi. Tu rapportes des magazines à colorier, et surtout des jouets en plastique dont l'odeur me plonge aussitôt vingt-cinq ans en arrière. Tandis que je m'époumone à essayer de gonfler un gros ballon multicolore, l'odeur chimique que j'inspire à plein nez me projette instantanément dans mon enfance.

C'est lors de moments pareils que je comprends tout ce que je traîne à mon insu, lorsque je te fais vivre des instants de mon passé. Je me vois à la place de ma mère, et cette place m'offre un nouveau lien pour m'unir à elle. Je tisse ce lien, je l'entretiens précieusement. C'est tout ce qui me reste d'elle.

Chapitre 6

Natacha Fernet est attablée devant une montagne de nourriture.

Elle vient de finir de préparer des toasts au beurre d'anchois, et commence à couper du saucisson. Son associée, Lola, remplit des paniers de crudités soigneusement épluchées.

Armée de gants en caoutchouc, la mère de Natacha prépare des plateaux de saumon fumé.

Les trois femmes ont mis une pince pour retenir leurs cheveux et portent un tablier.

— Bon, dit Lola, je vais faire un premier voyage.

— Tu emportes quoi ? demande Natacha.

— Tout ce qu'on déballe sur place, plus les boissons.

— Il y a au moins vingt packs, je viens avec toi.

Son portable sonne.

« Allô ?... Oui, madame Morelle... Des huîtres ? Ah non, je ne pense pas... Si, c'est une bonne idée, mais c'est trop tard, il aurait fallu les commander à l'avance, ne serait-ce que pour qu'ils aient le temps de les ouvrir et de préparer les plateaux... La prochaine fois, oui... On ne va pas tarder, j'arrive avec Lola pour commencer à préparer le buffet. »

Elle raccroche et regarde son associée d'un air entendu.

— Elle me reparle d'huîtres encore une fois et je l'envoie balader.

— Pourquoi ? demande sa mère. Ce n'est pas forcément une mauvaise idée ; ça ne demande aucune préparation et les gens adorent ça.

— Justement, ils aiment trop ça, il faudrait doubler le budget. Avec les moyens dont on dispose, il y en aurait deux par tête, c'est inenvisageable.

— Souviens-toi du trophée de golf d'Étretat ! renchérit Lola... C'est notre hantise, explique-t-elle à la mère de Natacha. On était à un cocktail, il y avait un buffet de fruits de mer et trois types ont fait un concours d'huîtres. Le gagnant en a mangé sept douzaines, le buffet était dévasté, une catastrophe !

— Bon, maman, on fait un premier voyage et on revient. Tu peux t'occuper des canapés au concombre, en attendant ?

Quatre allers-retours sont nécessaires pour emporter la nourriture et les cartons de bouteilles sur le lieu de la réception. Enfin, Natacha et Lola reviennent, exténuées, en nage.

— C'est combien, déjà, votre marge, sur une soirée comme ça ? demande la mère de Natacha en leur remettant le dernier plateau de canapés.

— Ne sois pas mesquine, maman, on a dit qu'on ne faisait aucun calcul de ce genre avant l'année prochaine !

Elles effectuent la dernière livraison et se séparent, le temps de se préparer.

Le soir venu, le bluff doit être total.

*
* *

Lorsque Natacha arrive, Lola est déjà là. Glamour. Méconnaissable. Elle est en train de photographier le buffet.

— Qu'en penses-tu ? demande-t-elle à Natacha. Je le trouve particulièrement réussi, je pense qu'on pourra mettre les photos sur le site.

— Désolée d'arriver si tard. J'avais une piqûre à faire et le cabinet d'infirmières était bondé. Tu as raison, le buffet est superbe. Et sinon, comment ça se présente ?

— Très bien, ne t'inquiète pas.

— Je voulais aller chez le coiffeur, mais je n'ai pas eu le temps.

— Tu n'en as pas besoin. Elle vient d'où, ta robe ?

— Vintage. Elle n'est pas trop triste ? Toute noire comme ça...

— Oh non ! Quand on est blonde comme toi, c'est joli, au contraire... Ne te retourne pas tout de suite, mais il y a un jeune qui a attaqué le buffet.

— Ah bon ? Il faut lui dire d'attendre !

— J'ai peur que ce ne soit le fils de Mme Morelle...

— Bien vu... Je vais me renseigner et je reviens.

Les premiers invités arrivent.

Rapidement, les gens se bousculent, l'étudiante engagée pour s'occuper du vestiaire n'est pas là et Lola est obligée de la remplacer, tandis que Natacha passe derrière le buffet déjà saccagé pour tenter d'y faire régner un peu d'ordre. Une des invitées la prend pour une serveuse et vient la rejoindre.

— Ma pauvre, vous êtes débordée, laissez-moi vous aider !

Natacha retrouve Lola, deux heures plus tard. Elle est épuisée et lui raconte le quiproquo en riant nerveusement.

— ... Tant qu'à être prise pour une serveuse, je mettrai un petit tablier blanc la prochaine fois, j'arriverai peut-être à choper quelques pourboires !

Lola tend fièrement la main et exhibe quelques pièces :

— Moi, j'en ai eu !

— Deux euros cinquante ! s'esclaffe Natacha... Le début de la fortune, il faudra penser à le dire à ma mère !

Chapitre 7

Natacha pousse la porte et regarde autour d'elle, un peu mal à l'aise.

Elle remarque aussitôt un énorme fauteuil en cuir bleu, un de ceux dans lesquels on s'enfonce indéfiniment avec la crainte de ne jamais pouvoir se relever. Le genre qui lui fait se sentir encore plus petite. Elle déteste ça. Elle reste debout, et lisse machinalement le bas de sa robe trapèze.

— Je me mets où ?... Le fauteuil bleu ? Ah ! Enfin, tant mieux, j'avais peur d'être obligée de m'allonger...

C'est mon gynécologue qui m'envoie.

Parce que je n'arrive pas à avoir d'enfant. Ça fait six ans que j'essaie.

Je viens de changer de médecin, en fait le Dr Dumas est le quatrième gynéco que je consulte. Vous le connaissez ?... J'espère qu'avec lui, ça marchera, on m'en a dit beaucoup de bien, et c'est mon dernier espoir.

Pendant notre premier rendez-vous, il m'a demandé si j'avais déjà vu un thérapeute, j'ai répondu que non, et il m'a dit que ça valait la peine d'essayer, au cas où je ferais un blocage. Du coup je me suis dit qu'effectivement, au lieu de changer régulièrement de gynéco, il valait peut-être mieux trouver un bon psy. Et me voilà...

C'est vrai, je me suis déjà posé la question concernant un blocage éventuel, d'autant qu'on n'a trouvé aucune cause médicale à notre infertilité.

Avec Philippe, mon mari, on a d'abord essayé naturellement pendant un certain temps. Au début, je n'étais pas vraiment pressée, je me voyais bien poursuivre mon adolescence pendant quelques années encore. Mais, au bout de dix-huit mois, je me suis dit que ce n'était pas normal et j'en ai parlé à mon gynéco. Il m'a juste demandé de prendre ma température pour connaître le jour de l'ovulation. En découvrant mes courbes de température chaotiques, il m'a dit que j'avais une faiblesse au niveau de l'ovulation. J'ai fait des examens, il n'a rien trouvé, et m'a prescrit des hormones et des piqûres de stimulation pendant dix jours, avant qu'on fasse d'autres tentatives de conception naturelle. J'ai pris six kilos d'eau avec son traitement, autant vous dire que je me sentais très mal.

J'ai décidé d'aller voir un spécialiste dès le deuxième essai, parce que j'ai réalisé que mon gynéco n'avait même pas fait faire de tests à mon mari avant de me prescrire son traitement.

Je vous ennuie avec tous ces détails ?... Je me sens obligée de tout vous raconter pour que vous sachiez quel est mon parcours. C'est l'accumulation de toutes ces déceptions qui fait que je me retrouve chez vous aujourd'hui. Je n'avais jamais envisagé de consulter avant...

Le second gynéco a testé Philippe, il a décelé une petite défaillance, et nous a recommandé l'insémination.

Je ne me sentais pas très à l'aise avec ce médecin, j'ai voulu un troisième avis. Philippe a refait le test, et cette fois les résultats ont été bons. On ne comprenait plus rien et on a décidé de tout reprendre de zéro.

Je me suis fait opérer : le nouveau médecin voulait regarder à l'intérieur si tout allait bien. Il en a profité pour rectifier mon canal qui était « en chicane ». Ça veut dire tout tordu. Vous le saviez ?...

Après l'opération, on s'est dit que tout irait bien.

Le programme était simple : trois mois d'essais avec des cachets de stimulation et une conception programmée au meilleur moment. Voire à la meilleure heure.

Mais Philippe n'est pas arrivé à se conformer à l'horloge, l'idée de programmer nos rapports sexuels le rendait dingue. Il a fait un blocage, il n'y arrivait pas...

Pour moi ? C'était différent. Moins pénible, sans doute, mais ce n'était pas évident non plus. J'étais complètement ailleurs. Quand on faisait l'amour, je pensais sans cesse aux films sur la reproduction qu'on nous passait au lycée. On y voyait des petits spermatozoïdes à l'assaut de l'ovule, et c'était la grosse bagarre pour arriver en haut. Ils avaient une tête très sympathique, certains avaient des épées et des armures, d'autres étaient à ski ou en rollers... L'ovule, c'était un œuf, avec à l'intérieur une petite dame qui attendait en tricotant.

C'était super mignon... mais pas très romantique. D'ailleurs, ça n'a pas marché.

Et on a commencé les inséminations.

Six mois d'insémination. Une par mois ! Depuis, tout le monde m'a dit que c'était de la folie de les faire si rapprochées, mais je n'en savais rien, j'ai suivi les directives du médecin. Ces six mois ont été de la pure frénésie. J'ai cru devenir folle.

Je n'étais pas préparée, je n'ai pas anticipé le choc physique et psychologique du traitement.

En plus, quand le médecin déposait les spermatozoïdes, il me triturait avec la pipette et il me faisait saigner à chaque fois, c'était horrible. Moi, je n'osais rien dire, j'avais l'impression d'être prise en otage puisque mon avenir dépendait de lui.

J'ai commencé à perdre les pédales après la quatrième insémination, j'en ai fait encore une, et puis la grande question a commencé à m'obséder : pourquoi moi ?

Je me sentais coupable, et diminuée en tant que femme. C'était forcément ma faute, mais il n'y avait pas la moindre explication, pas la moindre réponse aux « pourquoi ? » et aux « comment ? ».

Le gynéco a vu que j'allais mal, il m'a arrêtée trois semaines avant la dernière insémination, pour me permettre de me reposer...

Je suis attachée de presse. C'est stressant, mais j'aime mon métier. Avant, je travaillais dans une agence, mais, il y a trois mois, j'ai monté ma boîte avec une amie, Lola. Nous sommes spécialisées dans l'organisation de soirées privées...

Cette boîte, c'était mon idée. J'y pensais depuis le mariage de mon amie Jeanne, la réception avait été un véritable fiasco. Rien ne s'était passé comme prévu, parce qu'il n'y avait personne pour s'assurer que ses demandes soient respectées. Et je me suis dit que j'aimerais être cette personne-là, pour d'autres gens...

L'été dernier, on est partis en vacances sur la Côte avec Lola et son mari, et on a passé notre temps à s'inviter partout où il y avait des réceptions pour pouvoir observer.

C'est facile, même aux mariages, parce que la famille croit toujours que vous êtes invitée par « l'autre côté », donc on ne vous pose pas de questions… Qu'est-ce qu'on a ri !

Notre boîte marche plutôt bien, mais c'est un travail épuisant parce qu'on accepte de tout petits budgets pour se faire connaître dans le milieu. Les petits clients sont aussi difficiles que les gros, alors qu'ils ont dix fois moins d'argent… Mais on se défonce pour se faire une bonne réputation… Et on se fait aider : nos familles, nos amies, tout le monde met la main à la pâte…

Avant les inséminations, je n'avais pas encore ma boîte, mais je travaillais déjà beaucoup, et, quand le gynéco m'a arrêtée, ça a été pire. J'avais plus de temps pour me poser des questions. Mais toujours pas de réponse.

Ma mère m'a dit que peut-être, inconsciemment, je ne souhaitais pas vraiment avoir d'enfants. J'étais sûre du contraire, mais ça m'a fait douter de moi, douter de tout.

Douter d'être normale.

Je ne pouvais pas m'empêcher de penser que si je n'étais pas capable d'être mère, alors je n'étais pas vraiment une femme. Dans notre société, aujourd'hui encore, on n'est pas tout à fait une femme si on n'a pas d'enfants. Vous n'êtes pas d'accord ?

Mais si je n'étais plus une femme, je n'étais plus rien. Une sous-femme, peut-être… En tout cas, c'est l'impression que j'ai eue.

J'ai décidé d'arrêter les traitements pendant quelques mois, et on est partis en vacances avec Philippe. En rentrant, j'allais mieux, je me sentais apaisée, déculpabilisée, je me suis dit qu'on y arriverait peut-être tout seuls. Le temps avait passé, je ne doutais plus.

Ma mère avait tort. Je veux vraiment avoir un bébé. J'en suis sûre.

J'ai recommencé à aller mal au mois de mai dernier, c'est le moment où fleurissent les femmes enceintes. Elles me font un effet terrible. Je ressens des réactions épidermiques et je n'arrive pas à les contenir...

Je ne les déteste pas toutes, seulement les moches, c'est odieux, n'est-ce pas ?

Avec Philippe, le dimanche, on va faire notre marché, et on prend un café en terrasse quand il fait beau. Et là, je suis aux premières loges. Je regarde les femmes passer, la plupart ont du ventre, je me demande si elles sont enceintes ou encore gonflées suite au dernier bébé...

J'en prends une au hasard, et je ne la quitte plus des yeux. Elle tire un gros Caddie et derrière elle, il y a déjà deux enfants qui pleurent avec de la morve plein le visage.

Elle ne les regarde pas. De temps en temps, elle se retourne juste pour leur hurler dessus. Elle doit être méchante, il faudrait la dénoncer aux services sociaux.

Je suis sûre qu'elle fait des enfants uniquement pour toucher des allocs. Je la méprise.

Je regarde Philippe, et je me dis qu'avec nous, tout serait différent. Nous, déjà, on est beaux... Je vous choque ?... En vérité, aujourd'hui je suis à l'aise avec mon physique, mais ça n'a pas toujours été le cas. J'avais le syndrome de la jolie blonde qui essaie de prouver qu'elle n'est pas idiote. J'ai passé une partie de ma vie à m'habiller de couleurs passe-partout en espérant faire oublier mon physique.

Remarquez, on m'a toujours dit que j'étais jolie, mais jamais que j'étais belle. Du coup, je pense que je suis « bien, mais pas assez ». Il y a quelque chose qui manque.

Parfois, je me dis que c'est peut-être ce même petit quelque chose en moins qui m'empêche d'être mère...

Enfin, aujourd'hui, j'ose me mettre en valeur, je me moque de ce qu'on peut penser de moi. Mais j'avoue que je continue à être plus audacieuse pour les autres que pour moi-même... Parce que moi... il y a quelque chose qui manque.

J'en étais où ? Ah oui, avec nous, ce serait différent...

Enfin, je ne dis pas ces choses-là à Philippe, vous savez, je suis lucide, je sais que c'est nul de penser à des choses pareilles, j'aurais honte s'il savait ce qui se passe dans ma tête...

De toute façon, quand on prend notre café, il lit le journal, il ne regarde pas les gens passer. Je crois qu'il fait exprès de ne pas penser aux autres couples...

En septembre, on est passés à la vitesse supérieure : la fécondation in vitro. Un terme froidement technique pour désigner une spirale infernale.

Dès la première FIV, les problèmes ont commencé entre Philippe et moi.

Pendant toute la durée du traitement — trois semaines quand même —, je suis tendue parce que c'est l'enfer. Il faut gérer l'emploi du temps médical, et le concilier avec le travail, c'est super difficile. Et épuisant. J'ai trouvé une infirmière près de chez moi, pour les piqûres quotidiennes, mais c'est quand même très contraignant.

Moi qui déteste les piqûres... Je ne sais pas si vous savez, mais, au bout de dix jours, on passe à deux piqûres, et même parfois trois à la fin s'il faut ajouter des hormones de croissance.

Tous les jours, à la même heure. Surtout ne jamais en rater une, pas le droit à l'erreur.

Vous n'imaginez pas dans quel état de stress je suis quand je dois quitter le lieu où l'on prépare une réception, me taper les embouteillages pour arriver avant 8 heures chez l'infirmière, rentrer chez moi me changer... Et quand je retourne sur place, je suis censée être fraîche et pimpante.

Cette comédie m'épuise.

Philippe, lui, râle tout le temps. Avant chaque FIV, il me demande pendant une semaine :

— Alors, ça tombe quel jour ? Et à chaque fois, je réponds la même chose :

— Je n'en sais rien, ça dépend des ovocytes, c'est le médecin qui décide, c'est lui qui sait quand c'est prêt.

Pendant toute cette période, je me sens mal. Je suis gonflée à cause des médicaments, donc je n'ai pas faim, je suis fatiguée, nerveuse, irritable. Lui, on dirait qu'il a oublié mon état, ou qu'il ne réalise pas.

Souvent, le soir, je reste allongée sur le canapé en me tenant le ventre. Et Philippe me demande ce que j'ai mangé, ou si je fais la gueule. Ça me désespère de voir qu'il n'a pas la moindre idée de ce que je ressens. Et je me dis que c'est inutile d'essayer de lui expliquer.

Parfois, je pense même qu'il n'en vaut pas la peine.

Quand je m'endors devant la télé, il me dit :

— T'es tout le temps crevée, t'es chiante !

Ça fait trois fois que, deux jours avant la FIV, il me dit tout à coup :

— J'ai réfléchi, ça ne va pas... Je crois que tu ne m'aimes plus... Tu es sûre qu'on fait bien d'être ensemble ? On ne s'entend pas... C'est peut-être mieux qu'on n'ait pas d'enfant.

J'ai l'impression de devenir folle. Alors j'explose. Ces derniers temps, on se quitte verbalement la veille de chaque FIV...

Et le lendemain, le grand jour arrive, on part tous

les deux à 7 heures du matin pour l'hôpital. Parfois, il y a déjà une vingtaine de personnes qui attendent quand on arrive, et on a vraiment l'impression d'être un numéro. Surtout que l'approche de l'équipe médicale est purement technique. Je ne sais pas si c'est parce qu'ils sont blasés, ou pour se protéger, en tout cas, les rapports humains sont terriblement froids. J'ai bien essayé de parler au psychologue de l'hôpital une fois, mais il était débordé, il m'a dit de revenir une autre fois...

Quand c'est mon tour, on me fait la ponction des ovocytes. Vous savez ce que c'est ?

Oui, bien sûr, après tout, vous êtes médecin. Pendant longtemps, j'ai vu ces mots passer dans les magazines féminins, mais ça ne m'évoquait rien... Maintenant, j'en sais autant qu'un spécialiste.

Bref, pour la ponction, on me fait une anesthésie générale, enfin, très courte, ils appellent ça un flash, mais j'avoue que ça m'impressionne quand même.

Pendant ce temps, Philippe donne son sperme. Quand c'est fait, il part pour le bureau et il revient me chercher une fois que moi, j'ai le droit de sortir...

Comment ?... Non, on ne va jamais nulle part après, pas même prendre un café ; il me ramène à la maison, c'est tout. Moi, je suis crevée à cause de l'anesthésie, et lui, il repart travailler.

En rentrant, je me mets au lit et je commence à rêver. Je sais que les ovocytes les plus faibles mourront, et que d'autres ne seront pas fécondés. Quand il pleut, je n'ose même pas regarder par la fenêtre. Surtout si c'est un lundi. Normalement, la réimplantation a lieu au bout de deux jours. J'attends en faisant des projets.

Enfin, j'attendais en faisant des projets, maintenant je n'ose plus.

Chapitre 8

Le laboratoire où travaillent Violette et son mari, Gilles Meyer, est en effervescence. On célèbre l'agrandissement de leur unité de recherche : cent mètres carrés supplémentaires au sein de l'hôpital Lariboisière, où les deux époux travaillent.

Les nouvelles pièces sont encore vides, en attente du nouveau matériel, et les équipes en profitent pour y organiser une réception. Le budget étant assez mince, Violette a suggéré de mandater la société de son amie Natacha pour le cocktail. Un peu en retrait, elle regarde son amie se démener autour du buffet.

Puis elle se concentre sur l'arrivée des invités : pour les membres du labo, cette soirée est l'occasion d'inviter les proches. Violette attend Maud, sa petite sœur, elle a hâte de lui faire découvrir son monde.

Elle regarde sa montre. Est-ce qu'Élise a bien mangé ? Elle s'était promis de rentrer l'embrasser et de passer un moment avec elle avant de ressortir, mais ça n'a pas été possible.

Ne pas culpabiliser, la petite adore son baby-sitter et en profite certainement pour faire la folle avec lui. Est-ce qu'il reste des crèmes à la vanille ? Il faudrait vérifier. Sans rien pour écrire à proximité, elle change sa montre de poignet.

Elle cherche Gilles des yeux et le trouve, en grande conversation avec son directeur d'unité. Il surprend son regard et lui sourit. Alors qu'elle s'apprête à les rejoindre arrive sa sœur, escortée de son compagnon, Laurent, que Violette rencontre pour la première fois.

Âgée de quatre ans de moins que Violette, Maud lui ressemble beaucoup. Les mêmes cheveux longs et noirs encadrent son visage, mais, à la différence de sa sœur, elle ne cherche pas à les discipliner. Elle porte des vêtements amples aux couleurs vives.

À côté de Violette, elle semble en être un portrait plus débridé.

Violette fait visiter les lieux au jeune couple, puis les emmène au buffet. Un jeune étudiant en thèse, membre de son équipe, vient les interrompre timidement.

— Madame Meyer, excusez-moi de vous déranger. Il se trouve que j'ai appris que votre père dirige le groupe Valcorp, et j'ai un service à vous demander. C'est pour mon frère. Il doit faire un stage en entreprise et il rêverait d'intégrer celle de votre père. Vous pourriez peut-être faire quelque chose pour lui ?

Violette repousse une mèche qui lui barre le visage.

— Je suis désolée, mais ce n'est pas possible. Mon père est résolument opposé à toute forme de parrainage. C'est un principe immuable. Il me dira qu'il faut que votre frère adresse son C.V. au directeur des ressources humaines. Je regrette...

Une autre personne vient la saluer, et Laurent en profite pour entraîner Maud discrètement.

— Pas très sympa, ta frangine, elle pourrait essayer, on ne sait ja...

— Tu ne connais pas mon père ! C'est une tige

de fer... Question principes, il se situe légèrement à la droite de Goering...

— Ah bon ? Les dîners de famille doivent être sympas...

— Très. Enfin, maintenant, on se voit rarement et, quand on se voit, on fait en sorte de ne parler de rien. Plus on s'ignore, mieux ça va.

— Ah...

— Mon père zappe les gens. C'est comme ça. Depuis qu'il s'est remarié, on se croise environ deux fois par an... Il a l'habitude de virer ses employés ; un jour, il a décidé de virer ses enfants. Il n'est pas fâché, il ne nous déteste pas, il nous a congédiés, c'est différent.

Violette vient les rejoindre et Laurent s'éloigne pour aller chercher à boire.

— Tu as vu Gilles ? demande Violette à sa sœur.

— Oui, vite fait, il est scotché avec un type plus âgé. Je me suis demandé si c'était votre patron, celui qu'il espère remplacer un jour ?

— Oui, on peut dire ça comme ça. Enfin, tu sais, tous les directeurs de recherche cèdent leur place au bout de douze ans, et Gilles a de bonnes raisons de prétendre lui succéder.

— Je ne comprendrai jamais pourquoi tu le laisses récolter tous les honneurs alors que tu es au moins aussi compétente que lui...

— Je t'ai déjà expliqué, Maud ! Il n'y a pas de compétition entre nous. Quand il récolte des honneurs, comme tu dis, ça me fait plaisir. Et je trouve ça logique. Je suis un peu moins présente puisque j'ai besoin d'être disponible pour Élise. De toute façon, je ne suis pas sûre d'être capable d'assumer davantage de responsabilités.

— Bien sûr que si !

— Non, franchement, ça m'arrange de me retrancher

derrière quelqu'un. J'aime le travail d'équipe, je n'ai pas besoin de monter plus haut dans la hiérarchie. Ma place me convient.

— C'est faux. Je suis sûre que tu te diminues pour valoriser Gilles.

— Je lui dois bien ça.

— Qu'est-ce que tu veux dire ?

— Il m'aime tellement... Et puis, c'est sans doute un vieux réflexe : l'habitude de voir un homme prendre beaucoup de place. Tu connais ça aussi bien que moi...

— Ce n'est pas parce que papa écrase tout le monde qu'il faut laisser Gilles te marcher dessus !

— Mais Gilles ne me marche pas dessus ! Qu'est-ce que tu racontes ?

Maud soupire.

— Rien, j'aimerais qu'on te reconnaisse à ta juste valeur, c'est tout.

— Je ne sais pas de quoi tu parles. Et je t'assure que je suis très contente de ma place.

Maud la regarde sans répondre. Violette s'éloigne.

Chapitre 9

Le petit appartement de Violette est encore mieux rangé qu'à l'ordinaire. Les quelques papiers qui traînaient sur la table ont tous été classés dans les boîtes de rangement étiquetées qui garnissent entièrement une grande étagère dans le salon.

Violette dispose avec soin de la vaisselle en carton sur la table ronde. Elle sourit en entendant le bruit de la clé dans la serrure lui indiquant l'arrivée de Quentin.

Depuis un an, c'est lui qui va chercher Élise à l'école et il s'occupe d'elle en attendant le retour de Violette, vers 19 heures. C'est aussi lui qui la garde le soir quand elle sort avec Gilles. Violette sait combien il est attaché à sa fille, elle lui fait entièrement confiance et il fait maintenant partie de la famille.

Ce mercredi, Violette a pris son après-midi car c'est l'anniversaire d'Élise ; Quentin n'est venu que pour le plaisir d'assister à la petite fête organisée. Il entre et contemple la petite fille avec ravissement.

— Bon anniversaire, mon poussin !

Il l'embrasse et se tourne vers Violette.

— Il pleut un peu, tu veux que je me déchausse ?

— Mais non, c'est du parquet...

— Tu es sûre ? Parce que mes chaussettes sont neuves !

Quentin enlève son blouson, il jette un coup d'œil dans le miroir, et ajuste son T-shirt Petit Bateau moulant à souhait, ainsi qu'une mèche de ses cheveux châtain clair retenus par un catogan. Un porte-clés Maya l'Abeille est accroché à l'un des passants de son jean.

Il s'agenouille pour ouvrir un gros sac contenant un cadeau pour Élise, et du matériel de coiffure : Quentin est étudiant en BTS, Violette et Élise lui servent parfois de modèles.

— Et si je vous faisais un petit chignon ?

— Oh oui ! s'exclame Élise.

— C'est gentil, mais je n'aurai pas le temps, dit Violette. J'ai encore des choses à préparer pour le goûter.

Quentin prend son matériel et ils se dirigent tous trois vers la salle de bains. C'est une pièce exiguë, ce qui ne les empêche pas de la transformer en minisalon de coiffure. Violette installe un tabouret devant le miroir, et Élise grimpe gaiement dessus.

Quentin se lave soigneusement les mains et commence à la coiffer.

— J'ai posé des faux ongles à une copine, hier, et je lui ai fait une french. C'était terrible !

— Ah bon, c'était moche ? demande Violette.

— Non, magnifique ! Je me suis inspiré de Barbra Streisand.

— Vraiment ?

— Tu sais bien que je l'adore. C'est grâce à elle que je suis devenu coiffeur et manucure prothésiste. Elle a été l'élément déclencheur de ma carrière... Enfin, j'essaie de ne pas trop soûler les gens à son sujet parce que mon copain dit que je suis obsessionnel... Au fait, mon voyage à Miami est confirmé, je pars pour le nouvel an. Tu vas pouvoir t'arranger ?

— Sans problème, la mère de Gilles a dit qu'elle te remplacerait volontiers.

— Tant mieux. Ce voyage, c'est mon rêve. Et puis, tu sais, je vais prospecter, voir quelles sont les possibilités pour moi sur place...

— C'est-à-dire ?

— Je rêve de m'installer aux États-Unis. Là-bas, les femmes prennent encore soin d'elles : toujours un beau brush, une manucure impec... J'adore ! Je mets de l'argent de côté tous les mois dans l'espoir de partir un jour.

Encore quelques minutes et le chignon d'Élise est fait, elle pousse un cri de joie en découvrant le résultat, puis descend lestement du tabouret.

— Maman, je peux manger un bonbon en cachette ? Sans attendre la réponse, elle déguerpit, retourne dans le salon et allume la télévision.

Le générique de *Princesse Sarah* retentit, et Élise commence à chanter, les mots déformés par la guimauve qui emplit sa bouche. Violette les observe tendrement tandis que Quentin entonne la mélodie avec enthousiasme.

Une heure plus tard, la fête bat son plein. La fée engagée pour l'occasion contrôle parfaitement la situation : les enfants ont joué dans le plus grand calme et l'écoutent maintenant raconter une histoire.

On sonne, Violette ouvre la porte et découvre son père qui porte un cadeau.

— Tu t'en es souvenu ! s'étonne-t-elle.

— Oui, ma secrétaire l'avait noté sur mon agenda.

— Entre, on allait souffler les bougies...

— Non, merci, je n'ai pas le temps, dit-il en lui tendant le paquet. Tu le lui donneras. C'est éducatif, tu me connais.

— Viens au moins lui offrir toi-même...

— J'ai une réunion et je suis garé en double file, je t'appelle.

Violette referme la porte derrière lui et retourne dans le salon retrouver les enfants, toujours captivés par la fée.

— C'était qui ? demande sa sœur Maud à mi-voix.

— Papa.

— Il a déposé son cadeau et il a filé, c'est ça ?

Violette hoche la tête. Maud s'apprête à lui répondre, mais le conte s'achève sous de joyeux applaudissements.

— C'était qui ? demande Élise à son tour.

— Ton grand-père, il était très pressé, mais il t'a...

— Et Christophe, il vient quand ?

— Je ne crois pas qu'il viendra, il travaille...

— Christophe ? demande Maud.

— Le livreur du supermarché, explique Violette ; elle l'a invité, elle l'adore.

— C'est mon copain ! renchérit Élise avant de tourner les talons.

— Et Gilles, demande Maud, il ne peut pas passer ?

— Il est bloqué au labo, ils font une manipulation très importante aujourd'hui.

La fée suggère d'apporter le gâteau, Violette s'exécute. Élise souffle les bougies avant que sa mère n'ait le temps de prendre une photo, et elle refuse de recommencer car c'est l'heure d'ouvrir ses cadeaux.

À travers le brouhaha, on entend un concerto de piano.

— Qui est-ce qui joue ? demande Maud.

— C'est le voisin du dessus, il est pianiste.

Maud secoue la tête en découvrant les cadeaux reçus par sa nièce.

— Je n'en reviens pas de tous ces gens qui achètent des Barbie ! Ils ne sont pas au courant que Mattel fait travailler des enfants de l'âge des leurs en Chine ? s'exclame-t-elle, révoltée. Moi, je lui ai acheté un petit lit en bois pour poupée, un jouet ancien, tu vas voir la merveille...

Il est 17 heures. Au grand désespoir de Violette, la fée quitte le navire, bientôt suivie par Maud qui doit retourner travailler, et Quentin qui s'éclipse pour aller à un cours. Violette commence à regarder nerveusement sa montre en priant pour que les parents soient à l'heure.

La première maman à venir chercher ses enfants est Jeanne.

— Ça s'est bien passé ? demande-t-elle en entrant.

— Oui, surtout avec tes enfants, ils sont plus grands, c'est simple avec eux. Tu veux un morceau de gâteau ?

— Non merci, je suis très mal garée et il faut qu'on rentre faire les devoirs.

Violette, qui comptait sur du renfort, laisse son amie partir à regret. Les autres parents se font attendre et, en un temps record, tout l'appartement est en proie à un immense désordre.

Enfin, le premier coup de sonnette. Violette accueille une maman tandis que les enfants détalent pour continuer à jouer dans la chambre d'Élise. Un quart d'heure de conversation polie, la maman repart avec sa fille. Ça hurle dans la chambre d'Élise, et Violette s'y précipite.

Elle manque de défaillir en découvrant le chaos : les enfants ont déballé tous les cadeaux, une petite fille est occupée à étaler consciencieusement de la pâte à modeler par terre, une autre a entrepris de vider entièrement l'armoire. Les autres sautent sur le lit en hurlant.

Dans la salle de bains : atelier maquillage. Le poudrier de Violette est renversé sur le carrelage, un petit groupe se farde mutuellement à l'aide de ses produits préférés.

Par quoi commencer ?

Pendant l'heure qui suit, les parents arrivent au compte-gouttes.

Une fois la porte refermée sur le dernier invité, Violette se laisse tomber dans un fauteuil, accablée. Le salon est sens dessus dessous.

Élise vient s'installer sur ses genoux, aux anges.

— Maman, on fera d'autres fêtes, pas vrai ?

Oui, faire absolument une fête l'année prochaine. Ne serait-ce que pour vérifier que certains enfants sont pires que les siens.

Chapitre 10

Élise, ma chérie.

Tu as eu quatre ans aujourd'hui.

Quatre ans de bonheur, quatre ans d'amour fou qui ont changé ma vie.

Je me souviens encore du moment où j'ai deviné que j'étais enceinte.

J'étais en voiture, j'écoutais la radio, ils ont passé la chanson d'Émilie Jolie et j'ai fondu en larmes. Ça ne me ressemblait pas du tout, et je me suis dit que je devais couver quelque chose. Ce qui était exactement le cas.

C'est seulement depuis que je suis mère que j'ai appris à dire non, c'est en toi que je puise ma détermination quand je dois être forte. Dans les moments de doute, je cherche l'inspiration sur ton visage, je la trouve toujours.

Je ne sais pas pourquoi je suis si grave, surtout quand j'écris, il faut que j'apprenne à être plus légère pour toi. J'essaierai aussi de répondre aux questions que tu ne tarderas pas à me poser.

Tout à l'heure, je t'ai regardée t'amuser, j'envie ta démesure. J'espère que tu la garderas long-

temps. Moi, j'ai oublié de m'amuser en grandissant, j'étais bien trop occupée à tenter d'être la meilleure. Mon père ne nous laissait pas souffler, Maud et moi. Peut-être parce qu'il n'avait pas eu d'enfance lui-même...

Il a grandi à Nice avec ses parents. Son père gagnait bien sa vie, mais il avait la passion du jeu. Il est mort à quarante-cinq ans, d'une crise cardiaque, en laissant sa femme et son fils sur la paille. Le Casino de Monaco leur a même versé une pension parce qu'il s'était ruiné chez eux ! C'est sans doute pour cela qu'il a toujours eu la rage de réussir et qu'il est tellement rigide.

Pour lui plaire, je me suis lancée dans une course aux diplômes. Je cherchais aussi à affirmer une forme de supériorité, j'avais besoin d'être rassurée. Tout a bien marché, mais je me suis retrouvée très seule. Jusqu'à ce que je rencontre ton père, le rayon de soleil de mes dix années d'études.

Quand j'ai passé ma thèse, mon père a trouvé ça normal. Je suis devenue chercheur en biologie cellulaire, j'ai été admise au CNRS. C'était une grande victoire pour moi, mais pour lui, cela signifiait surtout que j'aurais désormais le statut et le salaire d'un fonctionnaire moyen. Et il m'a juste dit :

— Au travail, maintenant. Tu feras ce que tu pourras, tout le monde ne peut pas être Pasteur !
Puis, maladroitement, il a ajouté :

— Ta mère serait fière de toi.

J'ai eu envie de lui répondre que ma mère avait toujours été fière de moi. Elle était fière avant que je ne réussisse quoi que ce soit, fière avant même que j'essaye, et elle l'aurait été même si j'avais tout raté.

Cela s'appelle l'amour inconditionnel, il paraît que certains pères le ressentent aussi.

Toi et moi, c'est comme ça, je t'aime quoi que tu fasses, quoi que tu deviennes.

Il ne faut pas m'en vouloir, j'ai jeté le cadeau qu'il t'a apporté. Tu aurais peut-être aimé Pierre et le Loup, mais cette histoire évoque pour moi des souvenirs cauchemardesques.

Rien qu'en regardant la pochette, j'ai revécu l'angoisse que je ressentais à ton âge, en l'écoutant.

Un sadique, ce Prokofiev. Je frissonne en me remémorant l'intensité qui croît au fil de l'histoire...

Pierre, le grand-père, l'oiseau, le canard, ça va. Mais ensuite : le loup qui avale le canard. Et les chasseurs.

C'est terrifiant. Tu n'as pas besoin de ça. Pas maintenant.

Pas toujours avisé, mon père ; tu te serais mieux entendue avec ma mère.

Quand j'avais ton âge, elle venait m'embrasser, le soir, avant de sortir. J'étais subjuguée par sa tenue, la hauteur de ses talons et la perfection de son chignon.

Déjà, l'observer et la trouver belle était la seule activité dont je me jugeais digne.

Quand je viens te souhaiter une bonne nuit, c'est avec les vêtements que j'ai portés toute la journée, ou un pyjama pas vraiment chic. Autre génération, autre vie.

Il ne faut pas comparer, je sais.

Mes parents impressionnaient aussi beaucoup mes amis. Il y avait quelque chose dans leur personnalité, leur réussite, l'amour qu'ils se portaient, qui faisait rêver. J'ai profité de leur éclat, sûrement, mais, d'une certaine manière, je n'ai pas pu me détacher de leur empreinte.

J'ai mis des années à savoir ce que j'aime réellement, parce que, pendant longtemps, je n'ai fonctionné que par mimétisme. Par exemple, j'ai mis un petit vase Daum sur ma liste de mariage car il y en avait un sur une commode, chez mes parents. Je l'ai toujours connu au même endroit chez eux, et je n'aurais pas pu envisager de décorer mon propre appartement sans qu'il y en ait un, posé au même endroit. Jusqu'au jour où je l'ai regardé pour la première fois. Vraiment regardé. J'ai réalisé que je n'aimais pas cet objet. Je n'ai pas été capable de m'en débarrasser, je l'ai rangé dans un placard.

Depuis, je m'interroge sur mes véritables goûts. Qu'est-ce qui est moi, qu'est-ce qui est eux ? Qu'est-ce qui m'appartient, qu'est-ce qui leur revient ? Je ne trouve pas toujours la réponse.

À la maison, mon père éteignait toutes les lumières en sortant, et ma mère laissait toujours tout allumé. Aujourd'hui encore, la main sur l'interrupteur lorsque je quitte une pièce, ma main hésite. Puis mon cœur choisit. Je laisse la lumière.

Pourtant, j'aime cet homme que je ne comprends pas. Il y a quelques années, il a sonné à la porte alors que je ne l'attendais pas, et il est monté avec un bouquet de fleurs. Ça m'a tellement émue, j'en ai pleuré. J'ai compris combien j'avais besoin de lui. Lui aussi. Il est reparti, invoquant un mauvais prétexte.

J'aimerais pouvoir justifier ses actes, mais j'en suis incapable.

Un drôle d'individu, qui juge ses interlocuteurs en fonction de leur comportement chez lui : ceux qui posent leur verre sur les livres d'art de la table basse du salon perdent instantanément des points. Il leur donne un sous-verre, mais certains ne font pas attention et reposent leur verre sur un livre. Ceux-là ne seront plus jamais invités. Bien sûr, il pourrait retirer les livres, mais je le soupçonne de les laisser là exprès car ils constituent un test.

Pendant toute mon adolescence, je l'ai observé trier les gens en fonction de ses exigences. Untel était trop désordonné, celui-ci trop familier, celui-là ne ferait jamais rien de bien... J'ai détesté ça. Puis je me suis rendu compte que j'avais malgré moi hérité de certains de ses réflexes : quand mes copains venaient à la maison, si l'un d'eux me plaisait, je ne pouvais pas m'empêcher d'observer son attitude à travers le filtre paternel, et je priais pour qu'il ne pose pas son verre sur un livre.

Encore aujourd'hui, j'ai parfois du mal à regarder les gens avec mes yeux plutôt qu'avec les siens.

Je sais qu'il y a plein de choses que tu ne supporteras pas en moi, et je me demande lesquelles tu te surprendras à reproduire. En même temps, je crois que tu échapperas à ce cycle, parce que tu es déjà toi-même, avec une facilité déconcertante.

J'ai trente ans de plus que toi, mais je cherche toujours à me définir, tandis que tu t'imposes avec une assurance que je ne connaîtrai jamais. Je prie pour que rien ne te l'enlève.

Chapitre 11

Les quatre verres de vin s'entrechoquent. Fabien, ancien interne formé par Victor, et sa femme Sophie sont très flattés de recevoir Victor et Jeanne pour la première fois.

— À votre venue chez nous ! s'exclame Fabien.

— Et surtout à votre joli bébé, reprend Jeanne en souriant.

— On espère surtout qu'il sera bien élevé..., répond Fabien.

— Oh ! tu sais, c'est du travail ! dit Victor. Les enfants sont merveilleux, mais si on ne les structure pas, on n'arrive à rien. C'est un combat quotidien. J'ai été intraitable, d'abord avec Paul, mon fils aîné, ensuite avec les deux petits, pour que les horaires soient respectés, pour qu'ils ne regardent pas trop la télé... Et aussi pour que leur alimentation soit saine...

— C'est formidable !

— Oui, c'est une chose à laquelle je tiens. J'ai toujours insisté pour qu'ils mangent de tout, les repas sont très équilibrés à la maison.

Il s'adosse dans son fauteuil en savourant le regard impressionné de ses hôtes. Quant à Jeanne, elle se contente de le fixer avec une telle intensité qu'il préfère détourner les yeux.

— Vous connaissez les Borel, n'est-ce pas ? demande Sophie.

— Oui, répond Victor, Jean-Louis est un vieil ami.

— Vous êtes au courant que sa femme le quitte ?

— Oui, bien sûr... Le pauvre, il va très mal.

— Il faut dire qu'elle est dure avec lui, c'est normal qu'il soit chiffon... Je n'en reviens pas. Pourtant, on a dîné chez eux le mois dernier, et tout semblait aller parfaitement bien. Elle avait fait une très jolie table, avec son service vert et blanc.

Elle se tourne vers Jeanne.

— Vous voyez lequel ?

— Pas du tout.

— Il y a le beige avec des fleurs blanches, c'est celui de tous les jours...

Sophie regarde Jeanne d'un air interrogateur et attend un encouragement qui ne vient pas. Elle prend une grande inspiration et continue patiemment :

— Le vert et blanc, c'est son service de mariage, il y a des merles sur le contour ; c'est celui des dîners chics.

— Avec ou sans les merles, c'est fini, intervient Fabien. Excuse-moi, mais quelle salope !

— Écoute, c'est un peu facile de dire ça, dit Sophie ; si elle ne l'aime plus, qu'est-ce que tu veux faire ? Et puis, il a exagéré, il dînait tous les soirs dehors !

— Pour des raisons professionnelles !

— Peut-être. D'ailleurs, elle m'a dit que ce qu'elle ne supportait plus, ce n'était pas son absence, c'était le fait de manger toute la semaine les plats qu'elle avait préparés pour lui. Elle m'a tout énuméré : quatre jours de poulet, une semaine de couscous. Un jour elle a craqué, après cinq jours de gigot.

— Comme quoi le mariage tient à peu de chose ! s'exclame Fabien. Quand même, quelle salope ! Après tout ce qu'il a fait pour elle...

— Et vice versa ! Tu te rends compte à quel point elle l'a aidé au début de sa carrière ?

— Ouais... Elle l'a soutenu, c'est vrai. Enfin, elle lui a bien pourri la vie aussi.

Il se tourne vers Victor.

— Tu sais ce qu'il m'a dit, hier ? « Depuis que je suis marié, je sais ce que c'est que le bonheur : c'était avant ! »

Les deux hommes rient, Jeanne se lève.

— Je reviens tout de suite.

Elle entre aux toilettes, s'appuie contre le lavabo, et observe dans le miroir sa mine défaite.

Chapitre 12

Le bonheur, c'était avant.

Quelle phrase à la con ! J'ai essayé de suivre le mouvement, mon rire est resté coincé dans ma gorge.

Et Victor qui a l'air ravi.

J'ai toujours insisté pour qu'ils mangent de tout... Je rêve. Ce n'est pas lui qui a élevé Paul, c'est sa première femme. Et c'est moi qui élève Charlotte et Lucas. Il est vraiment gonflé. La prochaine fois qu'il ose donner des leçons de paternité, je le remets sa place, même si on n'est pas seuls...

Et leur truc de s'extasier devant la réussite des hommes, en admettant avec condescendance que leur femme y est peut-être pour quelque chose... Le petit lot de consolation pour les femmes qui ont passé la moitié de leur vie à s'effacer derrière un égomaniaque...

S'ils s'entendaient... Il faudrait que je leur parle de Ginger Rogers. Leur rappeler qu'elle a tout fait comme Fred Astaire, sauf qu'elle, c'était à reculons et sur des talons hauts...

J'ai cru que leur discussion sur les fonctionnaires ne finirait jamais. Encore un dîner où ils parlent du montant de leurs charges, ou des trente-cinq heures, et je m'en vais.

À quoi ça sert de ressasser les mêmes sujets quand on est d'accord ? Ça me fout le cafard, tous ces gens qui pensent la même chose.

Qu'est-ce que ça doit être bien d'être d'accord avec tout le monde, de ne pas être en décalage...

Quel con, ce Fabien ! Très cassant avec sa femme. Je suis sûre qu'en privé, il est odieux avec elle...

La pauvre, qui divague toute seule, avec ses histoires de vaisselle. Deux solutions : soit elle est stupide, soit elle est au bord de la dépression nerveuse. C'est pathétique. Au lieu de parler d'assiettes, elle ferait mieux d'en casser quelques-unes.

Moi aussi, d'ailleurs, je devrais essayer.

Étrange, ce que j'ai ressenti en regardant ma tasse, c'était comme si mon sachet de thé m'envoyait un message en me montrant qu'il suffit d'un catalyseur pour révéler son potentiel.

Il faut que je continue à me sentir forte, même si ça m'étourdit. Un vrai vertige, à l'idée de ne pas savoir quoi faire de tout ce que j'éprouve.

Plus forte, ne serait-ce que pour ne plus me sentir diminuée au moindre nuage. Ne plus jamais me sentir si petite sous la pluie.

Chapitre 13

— Ah, chérie, te voilà ! dit Victor en se levant. On va y aller, je me lève très tôt demain.

— Merci beaucoup, le repas était délicieux, dit Jeanne.

— Ravi d'avoir fait votre connaissance, lui dit Fabien.

— Il faudrait qu'on se retrouve au Bois un de ces week-ends, lui dit Victor. On jette les enfants et ils vivent leur vie !

— Enfin, le nôtre, il a six mois, alors, si on le jette, il retombe très vite...

— Victor est un expert en pédagogie infantile, mais certaines notions lui échappent, observe Jeanne.

Les derniers sourires s'échangent tandis que l'ascenseur se met en route.

— J'aime beaucoup Fabien, déclare Victor en démarrant la voiture.

— Moi je le trouve antipathique. Il m'a exaspérée avec ses réflexions homophobes.

— Oh ! ça ? C'était bête, mais pas méchant...

— Pas méchant ? Quel abruti ! J'espère que son fils sera pédé et qu'il l'enculera !

La voiture fait une embardée, Victor évite de justesse l'accident.

— Tu as trop bu, Jeanne.

— Pas du tout. J'étouffe. Et ça ne ressemble pas du tout à de l'ébriété.

— Qu'est-ce qui te prend ?

— Tu te glorifies de l'éducation des enfants alors que tu n'es jamais là, ton assistant est un gros con et sa femme est idiote. Mais sinon, ça va, excellente soirée.

Le reste du trajet se fait en silence.

En entrant dans le salon, Victor se dirige vers une petite table couverte de papiers et de journaux.

— J'attends une lettre de l'assureur, elle n'est pas arrivée ?

— Je ne sais pas, je n'ai pas ouvert le courrier.

— Comment ça se fait ?

— Je n'ai pas eu le temps.

— Je vois bien que tu es débordée, dit-il en écartant une pile de revues de décoration. Tu n'as même plus le temps de lire les magazines essentiels auxquels tu es abonnée !

Jeanne tourne les talons et disparaît.

Victor la rejoint dans la chambre quelques minutes plus tard.

— Excuse-moi, dit-il en la prenant dans ses bras.

Il l'embrasse et commence à la déshabiller.

— Pas ce soir, dit-elle en s'éloignant.

Il la suit tandis qu'elle se démaquille dans la salle de bains.

— Laisse-moi deviner : tu as tes règles. Ça fait combien de fois, ce mois-ci, quatre ? C'est beaucoup... Je suis peut-être con, mais quand même, je suis médecin !

Jeanne ne répond pas.

— Chérie, parle-moi. Quand tu fais cette tête, j'ai l'impression que tu me détestes.

Elle va s'asseoir sur le lit, sans le regarder.

— Ce n'est pas toi que je déteste, c'est ce que notre mariage est devenu.

— Qu'est-ce que tu veux dire ?

— Tu veux que je te dise à quoi ressemble ma vie ? Je vais essayer de te l'expliquer, le plus simplement possible. La journée, on ne se voit pas. Le soir, tu rentres tard, on échange trois mots et tu vas manger. Quand tu as fini, tu vas t'enfermer aux toilettes avec un journal, et quand tu en ressors, tu vas regarder la télé dans le salon. Je m'endors avant toi. Le matin, je rentre dans la cuisine, pour m'attaquer patiemment au bordel que tu y as laissé. Parfois tu n'as pas aimé ce que j'ai préparé la veille, alors c'est toujours là, sur la table. Ton assiette est pleine. Elle me regarde et elle me dit merde. Ensuite, tu pars avec les enfants, et je vais ramasser tes fringues sales qui traînent dans le salon. J'essaie de me détendre en buvant mon café. C'est en général quand je commence à me calmer que tu m'appelles pour me demander de faire une course pour toi. À ton avis, je pense à quoi quand je fais ressemeler tes chaussures ? À la prochaine fois qu'on fera l'amour ? À un dîner aux chandelles ?

— ... Tu noircis le tableau.

— Non. C'est comme ça que je vois les choses, c'est comme ça que je les vis.

— C'est pareil pour tous les couples.

— Je ne crois pas. Et tu sais quoi ? Je me fous de ce qui se passe chez les autres.

— Tu penses que c'est facile pour moi ? Je subis

une pression énorme, je travaille quinze heures par jour. J'ai besoin d'être soutenu.

— Mais je suis là, Victor.

— Tu es là, mais tu fais tout le temps la gueule. C'est peut-être pour ça que je préfère passer mes soirées dans le salon.

— Je fais la gueule parce que tu me blesses. Je fais la gueule parce que je suis frustrée.

— Tu as quand même une vie très confortable !

— Tu parles d'argent ?

Elle le fixe, glaciale.

— Je parle... de confort de vie, c'est tout. Je fais tout pour te gâter, j'espère que tu t'en rends compte... Mais je vais faire un effort. Promis.

Il l'embrasse et caresse ses cheveux.

Elle le laisse faire sans répondre. Victor s'éloigne. Il se retourne juste avant de sortir.

— Et toi, tu ne t'excuses pas ?

Jeanne réfléchit un moment.

— Je suis désolée, je ne sais pas de quoi. Ce n'est pas que je ne veux pas, c'est juste que je ne vois vraiment pas de quoi je dois m'excuser...

Un long silence suit sa déclaration.

— Qu'est-ce que tu veux, Jeanne ?

— Je ne sais pas.

— Tu n'as jamais rien su.

Il quitte la chambre, laissant à son mépris le soin de la submerger.

Elle reste longtemps assise au bord du lit, à entendre malgré elle les éclats de voix provenant de la télévision que Victor a allumée dans le salon.

*
**

Quand Victor est enfin couché et endormi, Jeanne se relève et va dans le salon.

Elle fume une cigarette en inspectant ses orchidées.

Elle tourne en rond un moment, puis se rend dans la cuisine et décide de faire des sablés. Une fois qu'ils sont prêts elle les range sagement, et mange machinalement tous ceux qui ne rentrent pas dans le bocal.

Soit une dizaine de biscuits.

Tant qu'à étouffer, autant s'étouffer.

Chapitre 14

Natacha est assise sur son bureau, elle a planté un crayon dans ses cheveux blonds pour les relever en chignon. Elle appuie sur la touche haut-parleur et pose le combiné pour chercher son carnet, caché sous une montagne de papiers.

— ... Juste deux tartes aux framboises et deux au citron, alors ?

La voix de Jeanne résonne dans la pièce.

— Oui, ça devrait suffire pour le sucré. En revanche, j'ai peur que tu manques de salé, je peux te faire deux cakes aux olives, si tu veux.

— Tu es géniale, Jeanne, merci. Attends, quitte pas, mon portable sonne... Allô ?... Non, laisse tomber et prends deux taramas de plus. T'as trouvé les mini-blinis ? Bon, ça ne fait rien, j'irai chez Ed. Et vas-y mollo sur les cacahuètes, ça donne soif ! Je suis au bureau, le comptable est là, tu viens ?... À tout de suite.

Elle repose son portable et se rapproche à nouveau du téléphone.

— C'était Lola, elle est au Franprix pour voir les promos.

— Je me faisais sûrement une idée trop romantique de votre milieu, s'étonne Jeanne, je voyais ça... moins artisanal.

— Rassure-toi, on est hyper-pro, c'est juste que là, on a un budget de cinq cents euros pour quatre-vingts personnes...

Natacha raccroche en voyant arriver Mr Li, le retoucheur du quartier, qui se charge de rafraîchir les vêtements vintage qu'elle achète aux Puces.

— Ah, monsieur Li ! C'est gentil d'être passé !

— Je passais dans votre rue, alors je vous l'ai apportée : elle est prête depuis la semaine dernière, dit-il en lui tendant une robe.

— Je sais, j'ai été débordée. Merci beaucoup ! Je vais l'essayer maintenant, j'aimerais voir comment elle tombe...

— Maintenant ?

— Oui, pourquoi pas ? Je vais me changer aux toilettes et je reviens.

— D'accord.

Elle réapparaît deux minutes après.

— Alors ? lui demande-t-elle.

— Très joli !

— J'ai l'impression qu'elle est un peu longue...

— On peut toujours raccourcir un peu. Vous avez des épingles ?

— Ici ? Non.

Le comptable frappe et entre dans le bureau.

— Madame Fernet ?

— Oui ?

— Je m'excuse de vous déranger, j'ai fini. On peut se voir cinq minutes ?

— Je suis à vous tout de suite.

— Vous n'auriez pas des épingles ? demande Mr Li au comptable.

— Je vous présente Mr Li, lui dit Natacha.

— Euh... bonjour.

— Alors, les épingles ? insiste Mr Li.

— Ah, je n'ai pas ça du tout, je regrette... À la rigueur, des trombones, si ça peut vous dépanner.

— Je veux bien.

— Monsieur Li, vous êtes sûr ? s'inquiète Natacha.

— Oui, juste pour marquer la longueur. Il y a un miroir ici ?

— Non.

— On va descendre, on regardera dans le miroir de la boulangerie.

— Oh non ! Ça me gêne...

— Mais pourquoi ? On n'en a pas pour longtemps, dit-il au comptable.

Natacha prend son portable et descend. Elle fait son possible pour ignorer le regard curieux des clients de la boulangerie. Le mobile vibre et le prénom *Lola* s'affiche.

— J'arrive, je cherche une place. J'ai l'épreuve du carton d'invitation. Il est superbe ! Vraiment élégantissime, très réussi, les couleurs, l'équilibre, la photo, très chic et contemporain ! J'ai hâte que... oh !

— Qu'est-ce qu'il y a ?

— Tu ne vas pas me croire, mais il y a une fille qui te ressemble en train d'essayer une robe devant la boulangerie et un petit monsieur à quatre pattes qui...

— C'est moi.

— Pardon ?

— Je dois vraiment répéter ?

— ... C'est le comptable, à quatre pattes ?

— Non, il nous a juste prêté des trombones.

— Comment ?

— Il nous attend, je remonte.

Chapitre 15

De : Natacha Fernet
À : Violette Meyer
Objet : Help !

Ma chérie,

Tu as beaucoup de boulot en ce moment ? J'ai terriblement besoin de toi en vue d'un cocktail le samedi 11.

Pourrais-tu me faire quelques fondants au chocolat ?

Ah, et ce n'est pas toi qui fais des quiches délicieuses ? Je viendrai t'aider si je peux (j'ai organisé un centre de tartinage à la maison avec ma mère et ma tante).

Si c'est OK, envoie-moi la liste des ingrédients.

C'est la dernière fois, c'est promis ! Marre d'être la Mère Térésa des RP…

P.-S. : Si la CIA lit mes mails, ce dont je doute, je tiens à préciser qu'il ne s'agit en aucun cas d'un message codé.

*

De : Violette Meyer
À : Natacha Fernet
Objet : Re : Help !

« Quelques » fondants ? Tu m'inquiètes.

5 tablettes de chocolat

1 kg de farine

1 kg de sucre

15 œufs

4 paquets de beurre

Pour les quiches, c'est Maud la spécialiste. Tu n'as qu'à l'appeler, elle t'en fera si elle a du temps.

Mère Térésa ? Plutôt Sœur Emmanuelle, non ?

P.-S. : Si la CIA lit ces mails, pourriez-vous me dire si vous avez des infos sur la prochaine saison de *Stranger things* ? Après tout, il y est beaucoup question de vous, j'imagine que vous êtes sur le coup.

*

De : Natacha Fernet
À : Violette Meyer
Objet : Re : Help !

Tu es franchement calée, moi, je ne saurais pas dire la différence entre Sœur Emmanuelle et Mère Teresa, si ce n'est que la 2e est un peu plus décomposée que la 1re.

(J'ai honte d'avoir écrit une chose pareille, mais je laisse dans l'espoir que ça te fasse pouffer. Toi, et peut-être aussi l'agent de la CIA qui n'a rien de mieux à faire que lire nos mails.)

Chapitre 16

Natacha entre en coup de vent dans la pièce. Quelques mèches s'échappent de son chignon, elle les remet, puis jette un coup d'œil au redoutable fauteuil bleu.

Elle pousse un profond soupir et va s'y asseoir.

— J'ai pas mal réfléchi depuis la séance de la dernière fois... Je voudrais vous parler d'une chose qui me fait beaucoup souffrir : je me rends compte que tout ce combat est beaucoup plus important pour moi que pour Philippe.

J'aimerais qu'on vive les mêmes choses, parce qu'un enfant, ça se fait à deux, mais c'est impossible. Pendant le traitement, il continue à vivre normalement, mais moi, je vis un enfer...

Bien sûr, tout ça compte énormément pour lui, mais, c'est évident qu'on n'a pas les mêmes priorités. Parfois, la FIV tombe un samedi, alors on ne peut pas partir en week-end, et si ça tombe pendant un pont, Philippe fait la tête. J'ai l'impression que c'est la seule chose qui importe : le week-end est gâché. Ou alors ça tombe un lundi matin et ça met la pression. Avant, on rentrait de la campagne le lundi matin très tôt, jusqu'au jour où l'on s'est trouvés dans un embouteillage monstre, l'heure tournait, c'était affreux. Je savais d'avance que ça ne marcherait pas, vu la crise de nerfs que j'ai piquée dans la voiture. Alors, maintenant, si la FIV est un lundi, j'exige qu'on parte le dimanche soir, ça raccourcit le week-end et ça énerve Philippe.

Et il est frustré par le manque de sexe lié au traitement : le médecin le déconseille pendant les trois jours avant la FIV pour que ses spermatozoïdes soient en forme. Et puis, c'est aussi déconseillé après la FIV : je dois mettre des cachets pour faire tenir la muqueuse, alors c'est impossible.

De toute façon, moi, je n'ai pas envie. J'ai mal aux ovaires, ma libido est complètement chamboulée. Et mentalement, c'est dur : j'ai du mal à ignorer le gouffre qui existe entre les perspectives de mon mari et les miennes... Je sens bien qu'au lieu de nous rapprocher, c'est une aventure qui nous éloigne.

Je pleure rarement devant Philippe, car il ne sait absolument pas comment me réconforter.

Lui, il y croit encore très fort ; moi, c'est le doute qui me tue. Quand il a un coup de blues, il s'enferme tout le week-end et il bricole. Ou bien il compense en dépensant de l'argent.

On dit que ce sont les femmes qui font ça, mais les hommes font la même chose, la seule différence est qu'ils s'achètent un seul gros joujou alors que nous, on achète des tas de fringues qu'on ne mettra jamais. Quand Philippe dépense beaucoup d'argent pour quelque chose dont il n'a pas besoin, je sais bien que c'est pour se valoriser devant ses copains. Ou, tout simplement, pour avoir des sujets de discussion...

Comme ça, quand la conversation tourne trop autour des prouesses de la progéniture des uns ou des autres, il annonce tout à coup : « J'ai décidé de passer mon brevet de pilote, j'ai déjà pris quelques cours... »

C'est radical, ça épate et la discussion change aussitôt.

On a parlé adoption, mère porteuse, mais il refuse toutes les options. Il pense qu'on y arrivera tout seuls. Il y croit encore. C'est pour ça qu'il ne veut pas entendre parler des autres solutions. Je trouve ça égoïste. Il me dit qu'un enfant adopté ne compensera pas.

Il veut que j'arrête de travailler. Il dit que je suis super stressée par le boulot, et que je fume trop. Ça me culpabilise. C'est vrai que je cours tout le temps. Mais j'ai l'habitude. Enfin, parfois je n'en peux plus... Par exemple, quand je n'ai pas le temps d'aller chez le coiffeur avant un de mes cocktails. À cause de mes piqûres. Dans mon métier, il faut être impeccable. Souvent, je me sens moche et nulle. Pas féminine pour deux sous.

En tout cas, je ne veux pas arrêter de bosser. J'aime ce que je fais. Et puis ça me fait peur. Si j'arrêtais et que ça ne marchait pas, pour le bébé ? Qu'est-ce qu'il me resterait ?

[illegible]

Chapitre 17

Violette tient la main d'Élise tandis qu'elles montent doucement l'escalier en bois.

— Tu feras attention chez Maud, hein, chérie ?

— Oui, je sais, elle est comme toi en pire.

— Elle n'est pas pire, elle est un peu maniaque, c'est tout.

Arrivées sur le palier, Violette et Élise sonnent puis s'essuient soigneusement les pieds. Maud leur ouvre et les embrasse chaleureusement. Aussitôt, Élise se dirige vers un vieux coffre à jouets où Maud conserve soigneusement toutes sortes de trésors à son intention.

Tout le mobilier est ancien, les murs sont recouverts de photos en noir et blanc, les draps imprimés de Liberty ; l'ensemble est douillet et vieillot à la fois. C'est un endroit chaleureux mais légèrement déprimant à cause des épais rideaux de lin beige qui alourdissent l'atmosphère, et parce que ça se sent, il ne faut rien déplacer. À moins de s'appeler Élise.

— J'ai fait du thé vert, tu en veux ? demande Maud à sa sœur.

— Avec plaisir.

Violette la suit dans la cuisine et se retrouve nez à nez avec une jeune fille qu'elle salue.

— C'est Jennifer. Et c'est ma sœur, Violette.

— Bonjour, dit la jeune fille sans la regarder. Voilà, j'ai fini.

— Ah ! Je vais vous régler... Dites, Jennifer, vous ferez attention, s'il vous plaît, c'est très important d'enlever les bouchons des bouteilles avant de les jeter dans le sac à recycler. Il faut mettre les bouchons dans le petit sac à part...

— Vous avez rajouté un sac ? demande Jennifer, ulcérée.

— Juste pour les bouchons ! s'excuse Maud. Je les donne à une organisation humanitaire qui les revend et fait fabriquer des prothèses avec les sous...

Un soupir se fait très nettement entendre.

— C'est comme vous voulez.

Elle sort, visiblement exaspérée.

— Qui est-ce ? demande Violette.

— La fille de la gardienne. Elle m'a dit qu'elle cherchait à travailler pour se faire un peu d'argent, alors je lui ai proposé de faire trois heures de ménage ici chaque semaine.

— Elle n'a pas l'air commode.

— Je sais, elle me terrifie. D'ailleurs, je range avant qu'elle arrive.

Maud choisit avec application deux tasses sur une étagère en bois. Toute sa vaisselle est fleurie et dépareillée ; elle l'a chinée, notamment à la brocante de Chatou. Elle aimerait y habiter, car l'air y est plus pur. À moins qu'elle n'aille vivre à Bruxelles, son rêve absolu, bien qu'elle n'y ait jamais mis les pieds.

— Je vais emmener Élise au zoo demain.

— Elle va adorer. À quelle heure veux-tu que je la récupère ?

— Vers 6 heures, comme ça, j'irai à ma réunion

bouddhiste après. Tu sais quoi ? Laurent s'y est mis aussi.

— C'est formidable !

— En fait, pas du tout : c'est la catastrophe. Maintenant, il me trouve égoïste et butée, il n'arrête pas de me dire des trucs horribles, et le pire, c'est qu'il les dit sur un ton super gentil ! C'est affreux. Hier soir, on a eu une grande discussion qu'il a conclue en énumérant la liste de mes défauts, je suis restée comme un cheveu sur le caillou !

— Comment tu as réagi ?

— Je te l'ai dit : comme un cheveu. Puis, j'ai répondu : « Tu ferais mieux de sortir parce que sinon, je vais te foutre mon poing sur la gueule. » Pas très bouddhiste. Il a souri, et il m'a répondu : « Je sais, c'est douloureux quand deux karmas se frottent. »

— ... Je ne sais pas quoi te dire.

— Oh ! Ne t'inquiète pas, ça s'arrangera.

La tête de Maud disparaît tandis qu'elle déplace divers objets dans un placard.

— Qu'est-ce que tu cherches ?

— Un couvercle pour ma casserole de légumes... Je déteste chercher un couvercle ; le premier que je prends est toujours trop petit, le second trop grand. Pour d'obscures raisons, il me manque la taille intermédiaire.

Des petits pas se font entendre et Élise entre dans la cuisine.

— J'ai faim !

— Tu veux un biscuit au son ? demande Maud.

— Non, merci.

— Alors, un fruit ?... Bon, je sais ce qu'on va faire : on va prendre le bain, et puis, si Laurent n'arrive pas entre-temps, on commencera à dîner toutes les deux.

— Laurent, c'est ton nouveau fiancé ?

— Oui.

Élise réfléchit un instant et se tourne vers sa mère.

— Et toi, maman, pourquoi t'as choisi papa comme fiancé ?

Chapitre 18

Assise devant son ordinateur, situé sur un petit bureau dans un coin du salon, Violette finit de rédiger son article traitant de l'agrégation des plaquettes.

Elle se relit, et décide de changer l'ordre de certains paragraphes. Comme d'habitude, lorsqu'elle clique sur « Coller », l'icône « Collage spécial », située juste en dessous, semble lui faire de l'œil. Mais Violette n'ose pas s'aventurer dans les méandres d'une nouvelle manipulation informatique.

Tu parles d'une chercheuse, se dit-elle avec dédain.

Violette enregistre son texte et quitte le document. Cette fois, elle frôle l'icône « Basculer vers une identité » ; pour un peu, elle en frissonnerait. Pourquoi les ingénieurs en informatique utilisent-ils des expressions aussi déroutantes ?

Violette regarde les feuilles sortir une à une de l'imprimante. L'encre pâlit au fur et à mesure et bientôt, un petit texte défile sur l'écran, l'informant que la cartouche est presque vide.

Elle prie silencieusement, touche le bois de son bureau et s'éloigne. Puis elle tourne le dos et ferme les yeux, comme elle le fait devant la télévision, lorsque les patineurs tentent des sauts téméraires. Ou pendant la balle de match qui risque d'éliminer son champion. Qui sait ? L'imprimante ira peut-être jusqu'au bout si elle ne regarde pas...

Mais la machine n'en fait qu'à sa tête, toussote puis se tait.

Violette revient vers le bureau : les deux dernières pages n'ont pas été imprimées. Elle décroche aussitôt le téléphone.

— C'est moi, je n'ai plus d'encre pour imprimer mon article, tu pourrais rapporter une cartouche du bureau ?

— J'entre en réunion avec l'équipe qui bosse sur la membrane, répond Gilles. Sois gentille et ne me dérange pas pour un truc pareil, tu n'as qu'à sortir en acheter une.

— Excuse-moi, je ne savais pas...

Il a déjà raccroché. Elle fait de même et commence à faire les cent pas.

« J'ai presque dit merci. Je suis nulle. Combien de temps encore, à me traîner ces réflexes de petite fille bien élevée ? »

Rappeler sur son portable, il l'aura éteint, et lui laisser un message virulent. Elle compose le numéro, mais, comme Gilles l'a oublié à la maison, l'appareil sonne un peu plus loin, sur la table basse.

Violette s'approche du téléphone pour l'éteindre et voit que le nom qui s'affiche est « Chérie ». Une immense vague de tendresse l'envahit lorsqu'elle découvre son pseudonyme.

Le sourire des femmes qui pardonnent illumine son visage.

La main sur l'interrupteur — je laisse allumé ou j'éteins ? —, Violette s'apprête à sortir acheter une cartouche d'encre. On sonne. Un petit coup de sonnette très prudent.

Elle ouvre la porte, après avoir reconnu son voisin.

— Je suis vraiment navré de vous déranger ; il y a des ouvriers chez moi, ils remplacent le ballon d'eau chaude qui m'a lâché. Ils font un bruit épouvantable, et je donne un concert demain. Comme ils en ont pour deux heures environ, je me demandais si ça vous ennuierait que je travaille chez vous en attendant ; je sais que vous avez un piano, j'entends parfois votre petite fille faire ses gammes... Seulement si ça ne vous dérange pas, bien sûr.

— Non, entrez, je vous en prie !

Violette lui serre la main, le plus délicatement possible, parce qu'il est particulièrement timide, mais aussi parce qu'elle craint qu'une poignée de main énergique ne risque d'affecter la magie de ses doigts.

Elle lui offre à boire, il décline, elle quitte donc la pièce pour le laisser travailler, et va s'asseoir sur son lit.

Dès qu'il pose ses doigts sur le clavier, l'appartement semble envahi par une force étrange. Il y a de la puissance. De la grâce.

Violette pense à *L'Albatros* de Baudelaire : quand elle croise son voisin dans l'immeuble, il est maladroit, lunaire, presque inadapté au monde.

Au piano, il rayonne.

Violette écoute chaque note, chaque silence.

Elle s'étonne des interruptions incessantes, aussitôt suivies du grincement du tabouret qu'il n'en finit pas de régler, un tic, sûrement. Parfois le silence est ponctué par le bruissement d'une page tournée, ou tout simplement par des respirations.

De temps en temps, le musicien chante, d'autres harmonies qu'elle devine être la partie orchestre.

La curiosité l'emporte. Elle se lève, et va dans le couloir l'observer à la dérobée.

Pourquoi son visage évoque-t-il autant la souffrance que le plaisir ?

Le temps s'arrête.

C'est seulement lorsque la nuit commence à tomber qu'elle pense à regarder l'heure... Il faut aller chercher Élise.

Discrètement, elle revient dans le salon.

— Excusez-moi, je dois aller chercher ma fille, mais vous pouvez rester aussi longtemps que vous voudrez, vous n'aurez qu'à claquer la porte si vous partez avant mon retour.

— Vous êtes sûre ? Quelle heure est-il ? Ils ont sûrement fini, je vais monter voir...

— Non, je vous en prie, restez !

— Merci mille fois, je ne voudrais pas abuser...

Violette se sauve sans le laisser finir, avant qu'il n'ait assez de temps pour redevenir l'être maladroit qu'elle croyait connaître.

Chapitre 19

Élise, mon cœur,

Hier, tu m'as demandé pourquoi j'avais choisi ton papa...

Pour de drôles de petites raisons. Dès qu'on s'est connus, j'ai pensé qu'on était faits l'un pour l'autre ; on achetait des assortiments salés, il mangeait les cacahuètes, moi les raisins secs et les noisettes. C'est idiot, n'est-ce pas ? Mais tu verras, au début d'une histoire d'amour, tout est bon pour y croire.

Puis, un jour où nous nous promenions, en me voyant m'arrêter devant une vitrine, il m'a dit : « Choisis ce que tu veux, je te l'offre. Rien n'est trop beau pour toi. »

C'était pendant notre stage de post-doctorat aux États-Unis, il n'avait pas un sou, tu ne peux pas savoir combien ça m'a touchée. Depuis la mort de ma mère, je n'avais jamais eu l'impression de compter autant. Quand il m'a demandée en mariage, quelques mois plus tard, j'ai dit oui tout de suite.

Est-ce que ça s'appelle vraiment un choix ?

Je ne sais pas. Parfois, je me dis que je n'ai pas été honnête, ni avec lui ni avec moi, en nous laissant croire que l'amour suffirait. En fait, j'attends beaucoup de lui. Une puissance qui me protégerait de tout. Une puissance au moins égale à celle de mon père. Il n'est pas capable d'y parvenir, le modèle est trop grand. Il souffre de se rendre compte qu'il ne m'éblouit peut-être pas autant qu'il l'espérait.

Nous n'en parlons jamais, mais je sais ce qu'il ressent.

Alors je me pousse pour lui laisser de la place, au moins au labo. Je limite mes interventions pour accroître les siennes.

Amusant, quand on sait que, durant toute notre enfance, mon père nous a incitées à dépasser nos limites.

De l'extérieur, je sais bien que ça ressemble à un sacrifice, mais ça n'en est pas un. J'ai trouvé un équilibre dans ce mode de fonctionnement. Il nous ressemble, et il me convient.

Je me souviens d'un jour où j'étais assise dans un jardin ; je me suis soudain demandé ce qu'il y avait derrière le ciel. Ma mère m'a répondu : « Encore du ciel. » J'ai demandé : « Et après ? — Toujours du ciel. Puis du ciel noir. »

Elle a tenté de m'expliquer l'infini et j'ai bien senti qu'elle s'étourdissait en cherchant une réponse. J'ai découvert la sensation de vertige devant l'impénétrable. J'ai passé des heures à regarder le ciel et à essayer d'appréhender le vide qui se cachait derrière lui.

Après sa mort, mon père m'a emmenée chez un psy. En fait, je ne sais pas si c'était un psy, je n'ai pas fait attention sur le moment, c'était peut-être simplement un généraliste.

Nous sommes entrés dans un appartement bourgeois du 7e arrondissement, et mon père est resté dans la salle d'attente tandis que le médecin me faisait entrer dans son cabinet et se lançait dans une longue tirade sur la perte d'un être cher. Je venais de découvrir le goût du malheur, j'en avais plein la bouche, et lui, vraiment, n'avait rien à m'apprendre. J'avais envie de lui demander s'il avait déjà parcouru les placards de quelqu'un en caressant ses vêtements, en respirant son odeur, mais je n'ai pas su parler à cet étranger. Nous avons échangé quelques mots et je l'ai laissé me prescrire des antidépresseurs. Puis il m'a raccompagnée à la salle d'attente et a dit à mon père : « Ça ira. »

Nous sommes sortis, et j'ai levé la tête, comme quand j'étais petite. J'ai regardé le ciel, toujours désespérément infini et cruellement vide.

Plus tard, il faudra que tu apprennes à te méfier des jaloux, de ceux qui vous envient tout, même votre peine. Ne sous-estime pas le plaisir que ressentent les gens à apprendre une mauvaise nouvelle qui ne les touche pas, à la transmettre sur un ton apitoyé ; ou à plaindre une orpheline en se demandant quel est le montant de son héritage.

Il m'a fallu apprendre vite à reconnaître les méchants, à recevoir les coups, à relever la tête. Et ce sont des leçons que je dois souvent réviser.

Il faudra que tu apprennes. Plus tard.

Chapitre 20

Natacha et Philippe se garent devant une coquette maison de banlieue.

Natacha sort de la voiture en serrant nerveusement un bouquet de fleurs dans ses mains. Plus ils approchent de la maison, plus elle ralentit son pas.

— Tu fais une de ces têtes, remarque son mari.

— Je suis toujours tendue quand on va chez ta sœur.

— Tu exagères ! C'est juste un déjeuner. Dans deux heures, on est partis...

Natacha passe la main sur son ventre en soupirant, elle a un peu mal au cœur, d'autant plus qu'elle a mangé avant de venir. Une habitude contractée il y a plusieurs années, après quelques repas pris au sein de sa belle-famille ; même affamée, elle n'osait pas se servir largement alors que les autres touchaient à peine à leur assiette.

Philippe sonne... Pas de réponse. Il fait le tour de la maison en regardant à travers les fenêtres, puis il met ses mains en porte-voix et appelle : « Adélaïde ! »

Une grande jeune femme brune ouvre la porte. Elle est au téléphone et saisit le bouquet de fleurs que lui tend Natacha sans lui dire un mot. Elle pose négligemment les fleurs sur une table, et poursuit sa conversation. « Je serai livrée quand ?... Bon, d'accord... Il n'y a pas d'étage, c'est une maison. Enfin, il y a des étages, mais tout est à moi !... Non, ce n'est pas un pavillon, c'est une maison ! »

Elle raccroche et soupire, excédée.

— Les parents sont là ? demande Philippe.

— En haut, avec Côme et Galilée.

— Je monte leur dire bonjour.

Natacha reste debout, mal à l'aise. Elle enlève sa veste et la pose timidement sur une chaise. Sans lui jeter un regard, sa belle-sœur traverse la pièce pour aller noter quelque chose sur un agenda.

— Alors, c'était bien, votre week-end en Bretagne ? lui demande Natacha, d'une voix peu assurée.

— Très bien. Je crois que je vais louer une maison là-bas l'été prochain ; c'est bien mieux que la Provence.

— Ah bon ? À quel niveau ?

— Eh bien, déjà, les gens là-bas sont bourgeois chics mais discrets, tu vois ce que je veux dire ?

Natacha acquiesce sans enthousiasme. Une jeune fille asiatique arrive en provenance de la cuisine et lui lance un bonjour timide, elle prend le bouquet de fleurs et l'emporte.

— Tu as changé de nounou ? demande Natacha.

— Non, j'ai pris celle-ci en plus pour le week-end, comme ça, je suis tranquille.

Elle s'approche de Natacha et ajoute en baissant d'un ton : — J'adore les Philippines, elles sont tellement dociles !

Natacha reste sans voix. Heureusement, l'arrivée de Philippe et ses parents fait diversion ; elle les salue et se dirige à son tour vers l'escalier.

Je monte voir les enfants.

Une fois en haut, elle embrasse Côme, le fils d'Adélaïde, puis se rend dans la chambre de Galilée.

La petite fille est en train de terminer un dessin et semble très concentrée.

Natacha se penche pour la regarder faire, puis lui dit gentiment :

— Qu'est-ce qu'il est beau, ton dessin !

Sans s'interrompre, la petite fille lui répond :

— Non, il est moche. Seulement Côme fait de beaux dessins.

Natacha, qui a souvent entendu vanter les mérites de Côme et rarement ceux de sa sœur, proteste avec vigueur, mais sa nièce garde la tête baissée. Lorsqu'elle la relève, elle la regarde droit dans les yeux et lui demande :

— Dis, pourquoi est-ce que maman te déteste ?

Chapitre 21

Enfoncée dans le grand fauteuil bleu, Natacha reste un moment silencieuse. Puis elle se lance d'un ton hésitant.

— Depuis la dernière séance, je me suis interrogée sur ce qui pourrait provoquer un blocage assez fort pour m'empêcher de tomber enceinte. J'ai pensé que ça pouvait avoir un rapport avec ma belle-famille, parce que ce sont des gens qui ne m'ont jamais acceptée. J'ai peut-être du mal à concevoir un enfant dans un environnement aussi hostile ?

Mes beaux-parents m'ignorent complètement, ça encore, c'est gérable. Mais j'ai beaucoup de mal avec ma belle-sœur, Adélaïde. Je l'ai surnommée Hémorroïde, parce que c'est vraiment une plaie ! Au début, à chaque fois que je la voyais, elle m'appelait par un autre prénom que le mien : Stéphanie, Marie, tout y passait ! Jusqu'à ce que Philippe annonce notre mariage et là, elle m'a dit : « Félicitations, Caroline ! » Pour une fois, Philippe s'est vraiment énervé.

C'est pendant mon dîner de fiançailles que j'ai compris que ça ne s'arrangerait jamais : pendant le repas, elle n'a pas arrêté de parler d'une ex de Philippe en termes élogieux, et en donnant clairement l'impression qu'elle la regrettait. Je n'en revenais pas... Et le pire, c'est que Philippe n'a rien dit...

Elle est assez impressionnante : mince, très bien faite, et surtout grande : un bon mètre soixante-quinze. Avec mon mètre cinquante-sept, j'ai l'air d'une naine à côté d'elle. Brune avec un carré court et une frange dans le style Louise Brooks. Le contraire de moi, quoi !

Elle porte des vêtements de marque, qui mettent en valeur ses formes. Mais elle a un drôle de look, un peu mixte, je crois qu'elle n'a pas réussi à se décider entre bourge et pétasse. Excusez-moi mais dès que je parle d'elle, je deviens vulgaire.

Franchement, elle a de l'allure, mais elle est belle seulement de loin, elle est beaucoup moins bien de près parce qu'on voit qu'elle est mauvaise. D'ailleurs, elle n'a pas d'amis. Quand elle s'en fait, ça dure quelques mois, et puis, comme elle adore les conflits, ils se fâchent. D'ailleurs, à force de s'embrouiller avec tout le monde, il paraît qu'elle ne peut même plus aller à la kermesse de l'école !

C'est vrai qu'elle fait tourner toutes les têtes en entrant dans une pièce, mais, en vérité, c'est parce que sa présence transforme aussitôt l'atmosphère : elle la plombe. Sa beauté est gâchée car on la sent profondément aigrie, c'est quelque chose dans son regard, son attitude... Elle a des rides de mécontentement et de désapprobation qui brouillent son front et le dessus de ses lèvres. Et sa peau est très sèche. Du coup, elle fait des injections de botox ruineuses tout en disant que son mari lui doit bien ça puisqu'il passe son temps à la contrarier.

Elle est envieuse, parce qu'elle a toujours dépendu des autres : l'argent de ses parents, d'abord, puis de ses maris successifs — elle en est au troisième !...

Ce qui m'énerve le plus, c'est sa façon de décider de ce qui est bien ou non pour tout le monde. Elle est pleine d'idées arrêtées. Mais elle les adapte comme ça l'arrange. Tenez : au mariage de sa cousine, elle portait une robe blanche en disant que c'était par solidarité, et elle a dragué le marié, soi-disant pour le mettre à l'aise, c'est dingue, non ? En fait, elle ne supportait pas l'idée de laisser la vedette à quelqu'un d'autre...

Je la déteste.

Oui, elle travaille, grâce à son mari. Un de ses amis dirige une chaîne du câble et lui a filé un job. En ce moment, elle tient une petite rubrique sur les dernières tendances. Enfin, si vous l'écoutez parler, elle fait une grande carrière ! Elle soûle tout le monde avec un projet de talkshow sur les enfants. Elle prévoit déjà que ce sera un succès et qu'elle sera invitée chez Ruquier. Elle y croit dur comme fer ! Et vous savez ce qui la préoccupe ? Quelles chaussures porter, sachant qu'il y a trois marches à descendre, parce qu'il faudrait être sexy tout en étant sûre de ne pas trébucher...

Elle nous a dit en rigolant : « Il faudra penser à leur demander s'ils peuvent faire poser un escalator provisoire.

— Pourquoi pas un tapis volant ? » a répondu Philippe.

Mais il l'a dit gentiment, sans se moquer d'elle, il lui trouve toujours des circonstances atténuantes. Franchement, il l'adore. Je n'ai jamais compris pourquoi. D'ailleurs, il lui demande son avis sur tous les sujets. Et il me répète tout quand elle me critique ! Je crois qu'il ne se rend pas compte...

Alors que, même si son talk-show de merde cartonne, elle ne sera jamais invitée nulle part, c'est sûr ! Quoique...

Moi, je serais terrifiée si je devais passer à la télé, mais elle, elle ne rêve que de ça. Elle a une sorte de rage de réussir que j'admirerais, si elle ne me dégoûtait pas...

Non, ce n'est pas parce que l'émission porte sur les enfants que ça m'énerve, c'est parce qu'elle n'y connaît rien, vu que les siens sont toujours collés avec les nounous ! Trois nounous qui se relayent week-ends et vacances comprises, vous avez déjà vu ça ? !...

Ses enfants sont très beaux, et très malheureux : Côme et Galilée, c'est tout ce qu'elle a trouvé comme prénoms !

Sa fille s'autodénigre en permanence, c'est ce qui la rend supportable, parce que, à côté de ça, elle dit sans arrêt des horreurs. Enfin, je crois que c'est parce qu'elle souffre. Et qu'elle essaie d'imiter sa mère... Quand on lui parle gentiment, en général, elle est réceptive.

Par exemple, je me souviens d'une fois où ils sont venus chez nous. Côme m'a demandé si j'avais des gâteaux, Galilée l'a coupé et lui a dit : « Mais non, ils n'ont pas de gâteaux, ils ne peuvent pas avoir d'enfants ! » Je lui ai dit que ce n'était pas gentil, et Philippe a ajouté : « Mais comme on est de grands enfants, on a plein de gâteaux ! » Elle s'est aussitôt excusée.

Mais ça ne se finit pas toujours aussi bien. La semaine dernière, je suis montée dire bonjour aux enfants, et la gamine m'a demandé pourquoi sa mère me détestait.

Ça va peut-être vous étonner, mais ça m'a fait

beaucoup de peine. C'était avant un déjeuner de famille, je suis partie en pleurant.

Philippe ? Il m'en a voulu d'être partie sans un mot. Tout le monde s'est offusqué de mon départ, ils n'ont parlé que de ça pendant le déjeuner, personne ne comprenait ce qui m'avait pris.

Plus tard, quand je lui ai expliqué ce qui s'était passé, il m'a dit que j'aurais dû crever l'abcès, qu'il m'aurait défendue si j'en avais parlé à table...

L'idée de les affronter ne m'avait même pas effleurée. Philippe ne m'avait jamais défendue avant ; pourquoi l'aurait-il fait cette fois-là ?

Une anecdote me revient : après le « oui » à la mairie, j'étais terriblement émue, quand j'ai embrassé Hémorroïde, je l'ai serrée dans mes bras dans un élan de réconciliation, et elle m'a dit : « J'ai fait un horrible cauchemar : tu accouchais d'un bébé difforme. Franchement, j'ai un affreux pressentiment. » C'est le genre de choses qui pourrait provoquer un blocage pour le bébé, non ?...

Philippe ? Il est bien possible qu'il ait des conflits intérieurs, difficile de faire autrement quand on est né dans une famille pareille ! Mais il ne doit pas en être conscient.

Je pourrais peut-être l'aider à travers vous ?...

Je suis d'accord : une thérapie n'est pas destinée aux absents. Alors quoi ? Le convaincre d'en faire une ?...

Le mot est mal choisi, je sais bien qu'une thérapie ne se fait pas sous la contrainte...

Mais peut-être qu'il n'y a tout simplement jamais pensé et qu'il serait prêt à essayer ?

Chapitre 22

Jeanne finit d'arroser ses orchidées. Elle observe son salon, traquant la moindre faute de goût, mais elle ne trouve rien et va s'asseoir sur le canapé.

Elle n'avait jamais réalisé que le cours d'anglais durait si longtemps.

Elle change encore une fois de position, difficile de trouver la bonne attitude...

Elle se cale dans le fond du canapé, croise les jambes... Pas comme ça, trop sérieux...

Se décale sur le côté, appuie son genou sur l'accoudoir... Pas trop quand même, inutile de s'avachir complètement. Voilà, comme ça, c'est pas mal. Allume une cigarette. L'éteint : s'il ne fume pas, ça fait mauvais genre. Vite, elle allume une bougie parfumée. Mince ! le livre, oublié sur la table. Vite, le prendre et retrouver la bonne posture. Jeanne frissonne. Aller chercher un gilet ? Non, pas très sexy d'être emmitouflée.

Cela fait vingt minutes qu'elle relit le même paragraphe. Enfin la porte s'ouvre, des pas dans le couloir, la voix de Jeff résonne : « *See you next week* ! »... il est là. Elle se lève immédiatement, jette le livre dans un fauteuil, et avance vers lui, tout en écartant de son esprit le constat de l'inutilité de la pose qu'elle avait eu tant de mal à conserver.

— Ça s'est bien passé ?

— Oui, très bien, la dernière fois, je crois qu'ils étaient fatigués, c'est mieux de faire le cours le matin... Je voulais vous prévenir, je ne pourrai pas venir le samedi 18, parce que je déménage.

— Ah bon ? D'accord, pas de problème... J'ai lu le livre que vous m'avez offert, j'ai adoré.

— C'est vrai ? Tant mieux... Il en a écrit d'autres, je pourrai vous en prêter...

— Oui, avec plaisir.

— ... Samedi soir, le 18, je vais pendre la crémaillère avec quelques amis. Peut-être que vous pourriez venir ?... C'est-à-dire, avec votre mari, bien sûr...

— Mon mari sera absent, il part en congrès le 16.

— Ah, très bien, et vous ? Je veux dire : vous viendrez quand même ?

Chapitre 23

Jeanne rêve. Pendant ce temps, Charlotte et Lucas s'amusent à se faire d'horribles grimaces pour se montrer la nourriture qu'ils ont mâchouillée et gardée dans leur bouche.

— Eh bien, c'est du propre ! s'exclame Victor en passant la porte.

Les enfants s'arrêtent instantanément et reprennent leur dîner tandis que Victor inspecte la table d'un air dépité.

— C'est tout ce qu'il y a à manger ?

— Je surveille ma ligne, répond Jeanne.

— C'est nouveau ! Enfin, si tu pouvais faire ça sans surveiller la mienne, ce serait bien aimable.

— Il y a plein de trucs dans le frigo si tu as faim.

Elle se lève et va chercher un plateau de fromages et une assiette de poulet froid qu'elle tend à son mari. Puis elle se tourne vers la machine à café, se fait un décaféiné et revient s'asseoir à table.

— Bonne journée ? demande Victor.

C'est Lucas qui répond et lui raconte en détail son entraînement de foot.

Jeanne soulève délicatement sa tasse de café et repousse la soucoupe quelques centimètres plus loin.

Puis elle contemple rêveusement la tasse qu'elle tient entre ses mains fines.

La voix de Victor résonne :

— C'est drôle : toutes les femmes font pareil : d'abord elles éloignent la soucoupe, et ensuite elles prennent la tasse, mais dans la paume de la main. Sans jamais se servir de l'anse !... Dis, pourquoi vous faites toutes ça ?

Chapitre 24

Dire que je croyais être unique. Mais non. Même dans ma façon de boire mon café, je suis banale. Merci, Victor.

Nous sommes toutes similaires, persuadées d'être exceptionnelles. Comme c'est triste. Mais un peu moins aujourd'hui.

Jeff m'a invitée chez lui, c'est que je ne suis pas n'importe quelle maman, lui me trouve peut-être différente.

Possible. C'est tout ce qui m'intéresse : que ce soit possible. Hier encore, je croyais que ma vie était tracée pour les vingt ans à venir ; tout à coup, la simple idée que je puisse changer de route me donne des ailes. Ce n'est pas seulement de l'air frais, c'est du bonheur à l'état pur. J'ai recommencé à rêver.

Natacha me l'a dit : c'est indispensable d'avoir des rêves. Je le sais bien : je serais devenue folle depuis longtemps si je ne passais pas la moitié de mon temps à rêver ma vie.

Là, quand même, c'est trop.

Madame Bovary. Grotesque.

Chercher son nom sur Internet, regarder son ancienne adresse, puis la nouvelle sur le plan, imaginer sa vie... À quoi je joue ?

J'espère qu'il ne m'a pas vue quand je le guettais, la dernière fois. Quelle panique quand il a levé la tête ! Non, il n'a pas pu me voir, j'étais bien planquée derrière le rideau. Tout ça pour apprendre quoi ? Qu'il a une Twingo noire. Maintenant, à chaque fois que j'en vois une, je sursaute. Je n'avais jamais réalisé qu'il y avait autant de Twingo noires à Paris. Je n'arrête pas de tressaillir. Ça m'épuise. Toute cette agitation me rappelle mes quinze ans, et ça ne peut pas être un bon signe.

Je suis débordée par la folie qui s'empare de moi, il faudrait ralentir, mais même ça, je n'y arrive pas.

Je suis fatiguée de passer mon temps à penser à lui, de m'endormir en rêvant à lui, de me réveiller en pensant à lui, à tel point que parfois, après une nuit agitée, j'ai presque la nausée. Est-ce que je le veux tant que ça ?

Est-ce qu'il serait à la hauteur de mon envie ?

C'est étrange, quand j'essaie de penser à lui objectivement, j'ai un mal fou à me remémorer son visage. À force de le rêver, de le fantasmer, il est devenu irréel. Ce n'est pas la première fois que je ressens cela.

Pourquoi mes désirs m'obsèdent-ils tellement qu'ils finissent par m'écœurer ?

Chapitre 25

Victor et les enfants ont fini de dîner. Jeanne se lève et commence à débarrasser. Dans un mouvement d'humeur, elle repousse quelques objets pour faire rentrer le poivrier dans un placard bondé et déclenche une avalanche : le chocolat en poudre, plusieurs flacons d'épices, et une bouteille d'huile d'olive dégringolent.

Le tout tombe par terre dans un immense vacarme de verre brisé. L'huile d'olive se répand sur le sol et se mélange au chocolat et aux épices, générant une sorte de boue grasse et sombre.

En contemplant l'étendue du désastre, Jeanne pousse un grand cri.

Un long cri qu'elle fait durer consciemment, jusqu'à ce que sa gorge lui fasse mal, et plus encore. Victor et les enfants la regardent, stupéfaits. Elle est consciente de leur faire peur, mais plus rien n'a de sens et elle continue à crier, comme pour leur donner une raison de la regarder avec ces yeux. À bout de souffle, elle finit par se taire.

Plusieurs secondes s'écoulent avant que Lucas rompe le silence.

— Ça va, maman ? demande-t-il timidement.

— Ça va, répond Jeanne en baissant les yeux.

Elle avale sa salive. Sa gorge brûle. Ne plus jamais oser se laisser aller de la sorte.

— Ne t'inquiète pas, chéri. Si j'ai crié comme ça, c'est parce que je suis en colère contre moi, je m'en veux d'être aussi maladroite.

— Venez, les enfants, dit Victor, il ne faut pas rester là, il y a du verre partout.

— Papa a raison, vous devriez sortir pendant que je nettoie. J'ai fait une bêtise et je vais la réparer. Vous voyez : les grandes personnes aussi sont parfois punies.

Elle sourit pour les convaincre que l'incident est insignifiant, mais personne n'est dupe.

Ils sortent de la cuisine et Jeanne va chercher les ustensiles nécessaires pour s'acquitter de sa pénitence.

Bien qu'elle lessive le carrelage plusieurs fois, une fine couche d'huile s'est incrustée et le laisse glissant. Il le restera encore durant plusieurs jours, le temps que Jeanne digère sa honte. Ne plus jamais exploser, quel que soit son degré de frustration. Savoir se consumer seule, jusqu'à totale désagrégation.

Chapitre 26

L'objectif de Violette est audacieux : acheter tous ses cadeaux de Noël en une fois. Elle a demandé à sa sœur Maud de l'escorter pour affronter l'épreuve que constitue une expédition en nocturne aux Galeries Lafayette.

Violette traverse la cour pavée à la recherche d'un logo indiquant l'agence de communication où travaille sa sœur. C'est la première fois qu'elle vient la chercher à son travail, et elle découvre un loft, recouvert d'une verrière, et entouré de petits bureaux à la décoration minimaliste. Un open space sert de salle de réunion, il permet aussi de voir les autres personnes travailler derrière leurs baies vitrées.

Une secrétaire emmène Violette dans le bureau de Maud ; celle-ci est en pleine conversation téléphonique et lui fait un petit signe de la main pour l'inviter à s'asseoir. Sur un coin de son bureau, Violette remarque un vieux transistor un peu rouillé, et s'amuse de la présence d'un accessoire aussi démodé dans cet univers ultramoderne. Elle se fait aussitôt la même réflexion au sujet de sa sœur.

Quand Maud répond au téléphone, elle a une expression affolée, et murmure un petit *Allô ?* plein d'inquiétude. En revanche, elle hurle dès qu'elle se sert d'un portable, même si la connexion est excellente, ce qui semble être le cas.

— Tu peux poser le téléphone sur la table et continuer sur le même ton, je suis sûr qu'il t'entendra quand même, commente le jeune homme qui partage son bureau.

— Elle a toujours eu du mal avec ce qu'elle appelle les armes de son siècle. J'ai l'habitude, je suis sa sœur, Violette.

— Oui, vous vous ressemblez. Moi, c'est Franck.

Il se lève à moitié pour lui serrer la main, Maud raccroche, embrasse sa sœur et commence à rassembler ses affaires.

— Ils sont d'accord, dit-elle à Franck. C'est passé comme une goutte dans la rosée du matin.

— Maud, je suis amoureux de toi ! lui répond-il en remuant son Nescafé avec un Stabilo.

— Voilà qui va simplifier ma vie ! Ça te dirait d'aller vivre à Bruxelles ?

La tournure de la conversation devient si absurde que Violette peut difficilement y prendre part. Voyant l'heure tourner, elle finit par lui rappeler sa présence, et Maud lui propose d'aller faire le tour de l'atelier avant de s'en aller.

À chaque fois qu'elles entrent dans un bureau, Maud lui présente des jeunes gens travaillant sur un ordinateur portable dans une attitude parfaitement nonchalante. La plupart d'entre eux ont un casque sur les oreilles. Autre point commun : ils sont entourés d'étagères vides. La seule exception est le bureau des attachées de presse avec sa table soigneusement recouverte de magazines. Mais l'ambiance détendue est la même. L'open space et les étagères désertes donnent l'impression que l'entreprise vient de s'installer ; en réalité, cela fait deux ans qu'ils ont emménagé. Un rêve pour Violette qui travaille dans des locaux qui n'ont pas été refaits depuis plusieurs décennies. Si le calme y règne, ce n'est pas parce que les employés écoutent de la musique mais parce que l'atmosphère studieuse les incite à parler doucement.

— Tu te souviens de Nico, mon ex ? lui demande Maud, en tirant sur sa manche pour la sortir de sa rêverie. Je l'ai croisé ce matin dans une sublime bagnole. Je ne sais pas comment il fait, il paraît qu'il gagne beaucoup d'argent.

— Tu devrais lui demander une pension alimentaire.

— Pour quel motif ?

— Je ne sais pas, moi, essaie « non-harcèlement moral et sexuel »...

— Il paraît que, chez lui, quand les enfants ne finissent pas leur assiette, on la leur ressert, trois repas de suite si nécessaire.

— J'ai une amie qui a subi la même chose. Résultat : dix ans de thérapie !

— Enfin, c'est pas lui qui fait ça, c'est sa femme. Tu te rends compte ! Il a épousé une femme encore plus psychorigide que moi... Bien fait pour sa gueule !

Les deux sœurs marchent d'un pas vif, bras dessus bras dessous.

— C'est fou ce qu'ils sont jeunes, à ton boulot ! remarque Violette.

— Oui, la moyenne d'âge est de vingt-six ans.

— Il est marrant, le Franck, il fait quoi ?

— Il est développeur.

— Tu as remarqué avec quoi il mélangeait son café ?

— Il prend toujours le premier truc qui lui tombe sous la main. Tous les matins, je me demande ce qu'il va utiliser : un crayon, une règle… L'autre jour, c'était sa branche de lunettes ! Jamais vu un touilleur aussi sauvage !

Violette attend qu'elle développe, mais Maud est déjà ailleurs.

— Jennifer ne veut plus travailler chez moi, à cause de mes « habitudes de poubelle », comme elle dit. C'est quand même incroyable qu'elle ne comprenne pas que le recyclage est essentiel ! Je lui fais remarquer que les Kleenex sales ne doivent pas aller dans le sac papier-carton-plastique. Elle hausse les épaules, en me disant : « C'est comme vous voulez. » Comme si je faisais des caprices… Et puis, une heure après, elle vient m'engueuler et me dire qu'elle démissionne !

— Écoute, tu n'as vraiment pas besoin de te faire terroriser par une gamine de vingt ans. En plus, tu n'avais pas besoin d'elle, je ne connais aucun appartement aussi propre que le tien.

— Il y a autre chose. J'ai quitté Laurent hier.

— Pourquoi ? Comment il l'a pris ?

— Bien. D'autant plus qu'en fait, c'est lui qui m'a quittée. Je suis sur le point de commencer à déprimer, mais je me retiens.

— Tu n'es pas obligée de te retenir.

— Franchement, je crois que c'est mieux comme ça. Il faut que je te dise : c'est un obsédé sexuel. J'ai découvert une bouteille de Love Drops dans sa poche. À moitié vide ! Ça veut dire qu'il m'en filait… Inutile de te dire que ce n'est sûrement pas bio ! Et moi qui me demandais pourquoi il insistait tous les soirs pour me servir un verre… Il achète des trucs dans un sexshop, avenue de Versailles. Oui, avenue de Versailles, en plein 16e ! Enfin, il achète des trucs bien, ce n'est pas un vicieux, c'est pas sale. Y'en a un très joli, avec du doré autour…

— Tu veux dire un…

— Oui, un truc avec des piles. N’en parlons plus. D’ailleurs, il m’a déjà laissé deux messages, ça va sûrement s’arranger.

— Parle-moi du Franck qui partage ton bureau… Tout à l’heure, vous étiez clairement en train de flirter.

— Mais non, c’est un jeu.

— Tu en es sûre ? Il ne te plaît pas ?

— Tu n’as pas remarqué à quel point il louche ? Je sais, l’apparence est secondaire, mais quand même, je préférerais être avec un mec qui ne regarde pas la lampe quand il dit « Je t’aime »… »

Maud s’arrête net pour fixer les pieds de sa sœur.

— Je ne peux pas croire que tu aies acheté des Nike. Après tout ce que je t’ai expliqué sur leurs méthodes de travail…

— Je sais, c’est très mal. Je culpabilise à fond. Mais, sérieusement, les marques que tu m’as recommandées, elles étaient toutes horribles…

Violette entre dans le grand magasin ; Maud la suit en fixant ses baskets.

— Cela dit, elles sont super.

— Ah bon, tu trouves ? demande Violette, gênée.

— Oui, mais je tiendrai bon, tu me connais !

— Bon, j’ai fait une liste, enchaîne Violette en accélérant le pas. J’ai pensé à une série pour papa.

— Très bien.

— Tu as une idée ?

— J’ai adoré *La Servante écarlate.*

— … Tu n’as rien de plus gai comme cadeau de Noël ?

— Sérieusement, j’ai adoré. Sauf le moment où elle se coupe l’oreille. Pas aimé non plus celui où la fille est attachée à une chaise et balancée au fond de la piscine… Mais ça peut plaire à papa. Oh ! regarde :

La Mélodie du bonheur ! Laisse-moi deviner : trop gai ? Tant pis, je vais le prendre pour moi.

— Je ne sais pas comment je peux t'aimer autant.

Quelques euros plus tard, la moitié de la liste de Violette est proprement rayée. Maud s'arrête devant une magnifique paire de bottes.

— Attends, je regarde le prix... 700 euros ! Ils sont fous ! On oublie, ce n'est pas grave. De toute façon, j'ai décidé de boycotter les marques italiennes depuis les dernières élections.

— Parles-en à la Japonaise, là-bas. Elle est en train d'essayer tes bottes...

— Au diable les Japonaises. Elles achètent n'importe quoi du moment qu'il y a une marque dessus. Aucune personnalité !

Elles arrivent à la parfumerie et se perdent de vue tandis quc Violette fait ses achats. Puis elle retrouve enfin sa petite sœur.

— Où étais-tu ? lui demande Violette. Je te cherche partout...

— J'ai vu un présentoir avec un parfum et la photo d'Emma Stone, je m'en suis aspergée, des fois que Ryan Gosling passe dans le coin et que ça lui donne envie de m'attraper.

— Oublie, ils ne sont pas ensemble. Bon, on continue ?

— J'en peux plus.

— Allez, sois sympa, tu sais que je ne me sentirai pas bien tant que je n'aurai pas fini de rayer tous les noms de ma liste.

— Tu n'avais qu'à t'y prendre plus tôt.

— Il reste trois noms, dont le tien. À part les bottes, tu as repéré quelque chose ?

Maud l'entraîne et désigne une robe sur un mannequin.

— Comment tu la trouves ?

— Je n'aime pas du tout, je trouve qu'elle fait mémère provinciale.

— C'est exactement ça, j'adore !

Violette soupire et change sa montre de poignet.

— Je me demande comment je peux t'aimer autant.

Chapitre 27

Natacha, Jeanne et Violette déjeunent dans un bistrot bondé où règne une activité folle. Attablés au bar, deux jeunes hommes les toisent avec insistance. Les trois amies ont repéré leur manège ; chacune se demande laquelle des deux autres attire leur attention, sans pouvoir imaginer une seconde être elle-même la cible de leur convoitise.

Au bout d'un moment, à force de jeter des coups d'œil furtifs dans la même direction, elles réalisent qu'elles ont déjà vécu cette scène et éclatent de rire.

— On pense la même chose ! s'exclame Natacha.

— Oui, admet Violette. Laquelle est-ce qu'ils regardent ?

— Je ne sais pas, mais ils sont jeunes... Il y a quelque temps, on n'aurait jamais remarqué des types plus jeunes que nous. C'est une mauvaise nouvelle.

— Il y en a une autre : ça va nous arriver de plus en plus souvent.

— Arrête ! Ça fait déjà six mois que c'est mon cas et je le vis très mal, confie Jeanne.

— Ah bon ? Raconte...

— Oh ! rien d'intéressant...

— Tu peux nous en parler, quand même ! insiste Violette.

Jeanne hésite quelques secondes avant de se lancer.

— Le prof d'anglais des enfants. Il a un charme fou... Grand, brun, assez baraqué. Un très léger accent américain... Il m'a offert un bouquin pour mon anniversaire, j'étais comme une folle.

— J'en étais sûre ! intervient Natacha. Je l'ai senti à la façon dont tu m'as parlé de lui... C'est quoi comme bouquin ? Parce que, si c'est un tant soit peu perso, il est possible qu'il y ait un message subliminal...

— Attendez, je ne suis même pas au courant, proteste Violette. Le prof d'anglais ? Il s'appelle comment ? Il a quel âge ?

— Jeff... vingt-huit, trente, peut-être. Il faut qu'il ait au moins trente ans, sinon, je me sentirai trop vieille pour lui et je n'oserai même plus fantasmer.

— Parce qu'on en est déjà au stade du fantasme ? s'étonne Violette.

— En fait, il y a du nouveau : il m'a invitée à sa pendaison de crémaillère le samedi 18...

— Non ! s'exclame Natacha. Et Victor ?

— Il sera en congrès.

Ses deux amies se taisent, le temps de digérer l'information.

— Sérieusement, reprend Jeanne, c'est un signe, non ? Victor part le 16, il m'invite le 18 !

— C'est un signe si tu le décides, répond Natacha.

— Qu'est-ce que tu veux dire ?

— C'est pratique, les signes, surtout si on cherche des raisons de transgresser les règles... Un signe de qui, d'abord ? Admettons, le dieu de l'adultère est avec toi.

— Et toi ? Tu es avec moi ?

— Bien sûr. Tu es mon amie avant tout.

— Tu vas y aller ? demande Violette.

— Bien sûr qu'elle va y aller ! affirme Natacha.

— En fait, je ne sais pas. Le dieu de l'adultère ne donne pas de conseil, dit-elle en la regardant. J'en meurs d'envie, évidemment. Je ne pense qu'à ça. En venant, j'ai zappé de radio en radio, à la recherche d'un morceau à la hauteur de mon euphorie. Je n'ai rien trouvé. J'ai fini par laisser Radio Classique. Même le *Requiem* de Mozart m'a semblé réjouissant... À côté de ça, j'avoue que je panique.

— Qu'est-ce que tu vas mettre ?

— Je ne sais pas. J'ai des idées mais aucune qui me plaise.

— Allez, debout, dit Natacha en se levant, on va te trouver quelque chose.

Une heure plus tard, Natacha s'arrête net devant une vitrine.

— Celle-là ! s'exclame-t-elle en désignant une robe en soie rouge. Elle est sexy sans être vulgaire, pas trop habillée, c'est exactement ce qu'il te faut.

— Elle est rouge, répond Jeanne. Je ne porte jamais de rouge.

— Justement, c'est le moment de commencer.

— C'est vrai qu'elle est très belle... J'adore les petits boutons sur le côté... Et puis c'est un beau rouge, pas criard... Mais elle est sans manches, ça m'ennuie. Je vais avoir froid.

— Mais non ! Tu vas à la soirée d'un homme qui te plaît. Sans ton mari. Tu n'auras pas froid.

— Elle fait combien ?... Oh là là ! C'est un peu cher...

— Va l'essayer ; si elle te va comme une moufle, tu laisses tomber ; au moins, tu n'auras pas de regrets...

Violette se tient en retrait, incapable de se mêler à

ce qu'elle considère malgré elle comme une entreprise criminelle.

Jeanne entre dans la cabine d'essayage. Quand elle en ressort, moulée dans la robe qui souligne son teint clair et sa nuque dégagée, la décision s'impose.

— Elle est parfaite, tu la prends, affirme Natacha.

Pendant que Jeanne se rhabille, on l'entend chuchoter derrière le rideau :

— ... Je suis sûre qu'il a une carte bleue normale ; pas une Visa Premier. Ce n'est pas grave qu'il n'ait pas d'argent, c'est juste que s'il doit sortir sa carte bleue pour m'inviter au restau, je vais me sentir horriblement coupable. D'ailleurs, c'est moi qui l'inviterai...

— Avec l'argent de Victor ? s'esclaffe Natacha. Il doit y avoir mieux pour déculpabiliser...

Jeanne préfère ignorer la remarque. Le rideau s'ouvre et tandis qu'elle se dirige vers la caisse, elle ajoute :

— C'est emmerdant, ces histoires d'argent ; déjà, la dernière fois, j'étais gênée en le payant. Il faudrait que je trouve un système, genre enveloppe sur la table...

Natacha acquiesce, Violette ne répond pas, trop occupée à l'admirer en se disant qu'elle aimerait bien, elle aussi, oser porter du rouge. Oser faire des choses interdites.

Son portable sonne.

— Allô ?... Non... Les MAP kinases des plaquettes... Parce que je crois qu'elles ont un rôle à jouer dans l'adhésion des plaquettes au collagène !... Bon, j'arrive.

Elle raccroche et embrasse rapidement ses amies.

— Je file, on s'appelle.

— Je ne sais pas si je fais bien d'acheter une robe exprès pour lui, poursuit Jeanne. Peut-être qu'il est tout simplement poli. Peut-être qu'il ne me regardera même pas.

— Et alors ? demande Natacha. S'il ne te regardait pas, tu ne te ferais plus jamais belle ?

Le soir, Victor rentre tandis qu'elle est en train d'essayer sa nouvelle robe. Jeanne a la tête baissée, elle est occupée à fermer les douze petits boutons recouverts de soie qui suivent la ligne de son buste et ne l'a pas entendu arriver.

— Tu es magnifique, lui dit-il.

Jeanne sursaute. Son mari l'enlace avant qu'elle n'ait le temps de se retourner.

— C'est vrai, elle te plaît ? Je m'en veux un peu... Je l'ai achetée sans raison particulière, ment-elle.

— Tu as bien fait. Elle te va à merveille.

Il la fait tourner pour lui faire face et la serre contre lui ; elle l'embrasse maladroitement, puis recule afin de ne pas sentir un désir auquel elle ne saurait répondre.

Quand Victor vient se coucher, Jeanne ne dort pas. Elle est bien trop occupée à penser à Jeff. Et bousculée par le malaise que lui cause l'idée de rêver d'un autre homme tout en étant couchée près de son mari. Elle n'aurait jamais imaginé vivre ça un jour. Mais la culpabilité n'empêche pas ses fantasmes de la tenir éveillée.

Au bout d'un long moment, à la fois parce qu'elle se sent fautive et qu'elle n'a pas sommeil, elle vient se serrer contre Victor. Il l'embrasse et ils font l'amour.

Avant qu'elle ne sombre enfin, alors qu'il lui caresse les cheveux, elle l'entend murmurer :

— Ça fait longtemps que tu ne t'étais pas donnée comme ça.

Chapitre 28

Élise, ma chérie,

Bientôt Noël. J'ai passé trois heures à te chercher un cadeau avec Maud. C'est toujours plus compliqué avec elle car dès que je choisis quelque chose, elle m'explique qu'il s'agit d'une marque qui fait travailler les enfants pour un dollar de l'heure, et je n'ai plus qu'à reposer le jouet proscrit.

Enfin, j'ai fini par y arriver. Maud ne faisait que m'accompagner, ses cadeaux à elle étaient faits depuis longtemps.

Si le Livre des Records décidait de désigner la personne la plus impliquée dans les festivités de Noël, ma sœur remporterait tous les suffrages. Elle commence à préparer les fêtes lorsque les températures dans l'hémisphère Nord avoisinent les 35° et que les fameux sapins Nordmann n'ont pas fini de pousser. Tout l'été, elle accumule toutes sortes d'objets soigneusement emballés qu'elle achète au gré de ses coups de cœur. Elle y appose une petite étiquette avec le nom du destinataire et les range dans un placard, qui n'a pas d'autre fonction que de les accueillir en attendant que les sapins soient sur le marché.

En général, tout est réglé début septembre.

Je suis si heureuse quand je vois à quel point tu l'aimes. Quand on était petites, elle était toujours solidaire de mes punitions. On a tissé des liens magnifiques, le samedi soir dans notre chambre, quand j'étais privée de télé si j'avais eu une mauvaise note. À l'époque, il n'y avait que deux chaînes, et on regardait religieusement l'émission de variétés des Carpentier. C'était tout un spectacle : des chorégraphies, des décors kitsch et des tenues invraisemblables avec toutes sortes de paillettes. Quand tu liras ça, tu penseras que je délire, mais je t'assure que c'était une fête qu'on n'aurait ratée pour rien au monde. Eh bien, quand j'étais punie, elle prétendait ne pas avoir envie de regarder pour me tenir compagnie. Je n'oublierai jamais ça.

À l'époque, nous n'étions pas encore une famille recomposée, pas même une famille décomposée.

C'était avant que papa ne fasse taire Maud à table sous prétexte qu'elle disait trop de bêtises.

Heureusement, elle a résolu de se rattraper.

Après la mort de maman, il y a eu beaucoup d'autres samedis soir à deux. Mon père tuait ses insomnies en jouant au poker. Il aimait jouer, mais seulement de petites sommes, c'était surtout l'occasion de se détendre avec ses amis.

D'après lui, ils jouaient assez mal, et la seule raison qui les poussait à jouer toute la nuit, c'était qu'ils finissaient par aller prendre un petit déjeuner à une terrasse de café, été comme hiver.

Puis papa rentrait et venait nous réveiller avec des croissants. Nous enchaînions sur un dimanche rempli d'activités qu'il qualifiait de « structurantes ».

C'est à cette époque que les liens se sont tendus entre Maud et lui. Elle se rebellait, lui tenait tête. Avec moi, ça se passait mieux, j'étais plus sage, et raisonnable. J'ai appris à le rester.

Ma raison me sert d'armure, un bouclier qui me donne l'impression d'être préservée contre les mauvaises surprises de la vie.

C'est pour cela que je ne remplis mes agendas qu'au crayon : pour ne pas risquer de compter sur quelque chose qui ne viendra pas. J'écris aussi mes rendez-vous a posteriori, ton père se moque de moi en me demandant à quoi ça sert. Effectivement, pas à grand-chose, c'est juste que j'aime quand la réalité se conforme à ce que j'avais prévu, je trouve ça rassurant. Et puis ça me donne l'impression de conserver une trace du temps qui court.

En fin d'année, lorsque je mets une nouvelle recharge, j'essaie de trouver une bonne raison de garder l'ancienne, je n'en trouve aucune, mais je ne me résigne pas à la jeter.

Chapitre 29

Jeanne feuillette un magazine de décoration en s'attardant sur des images de chambres à coucher. Quels draps choisirait-elle si elle devait y dormir avec Jeff ? Puis elle imagine comment meubler leur chambre. De fil en aiguille, elle conçoit tout leur appartement. Elle est en train d'hésiter concernant les carrelages de la salle de bains lorsque sa fille Charlotte l'interrompt.

« Maman, tu me mets *Blanche-Neige* ?

— Encore ? Tu l'as déjà regardé hier ! On va en choisir un autre.

Elle passe en revue l'étagère de DVD, et s'arrête aux *Aristochats*. « Quel génie, ce Disney, se dit-elle. Avec sa romance entre Duchesse et O'Maley, il avait déjà pensé à introduire les familles recomposées... Les histoires de prince charmant qui en un seul baiser transforment la vie d'une jeune fille en bonheur éternel, ça va cinq minutes... »

La sonnette retentit avant que Charlotte ait le temps de contester le choix de sa mère.

— Les voilà ! hurle-t-elle.

Elle court ouvrir la porte et saute au cou d'Élise.

— J'ai emmené Miyayi et Miyayo ! annonce son amie en brandissant deux poupées.

Pendant ce temps, Violette, chargée de plusieurs sacs de courses, va directement s'installer dans la cuisine.

— Natacha exagère, je veux bien faire quelques gâteaux, mais pas dix !

— Entièrement d'accord, je lui ai dit la même chose, répond Jeanne. Elle m'a promis que c'était la dernière fois.

Petit à petit, les deux amies se laissent absorber par leur tâche. La monotonie des recettes répétées, les mêmes gestes reproduits consciencieusement, le silence qu'elles partagent... Tout contribue à les envelopper d'une douceur feutrée, confortée par un sentiment d'intimité.

— Qu'est-ce qui se passe avec Victor ? demande soudain Violette. Cette histoire de prof d'anglais, ça n'arrive pas par hasard...

— Je ne sais pas. Peut-être l'usure du couple, tout simplement. La plupart du temps, il ne fait plus attention à moi... Certains soirs, il ne m'adresse même pas la parole quand il rentre. Souvent, je suis déjà couchée, il va dans la cuisine, se sert à manger et va s'installer devant la télé avec son assiette. Ça ne lui viendrait même pas à l'idée de venir me dire bonsoir. Il ne vient me rejoindre qu'au moment de dormir. J'éteins la lumière quand j'entends ses pas dans le couloir pour éviter d'avoir à échanger des banalités. On s'endort sans s'être adressé la parole. Et ça n'a pas l'air de le gêner.

Violette l'écoute sans rien dire.

— Mais je ne suis pas sûre d'être prête à le quitter. Hier, quand il est entré, il a vu la robe rouge et il m'a dit que j'avais bien fait. Tu ne peux pas savoir ce que j'ai eu honte...

— Tu vois, il faut peut-être essayer encore...

— C'est très étrange : il m'ignore pendant des

journées entières, puis il est soudain très doux. Il m'a serrée très fort dans ses bras... Il y avait vraiment de l'amour à ce moment-là.

— J'espère qu'il a eu droit à une récompense.

— Bien sûr ! Je l'ai remercié chaleureusement pour la robe.

— C'est tout ?

— Comment ça ?

— Il est généreux avec toi, il te fait sentir qu'il t'aime. Il faut lui renvoyer l'ascenseur.

— C'est-à-dire ?

— Tu sais très bien ce que je veux dire !

— Non, je t'assure !

— Comment ça s'appelle, déjà, quand on gratifie un homme pour sa générosité ?

— ... De la prostitution ?

— Pas quand on est marié !

— De la prostitution exclusive et légalisée ?

— Tu le fais exprès !... Mais je comprends que tu aies eu honte. Même moi, en pensant à Victor, je me suis sentie mal... Alors, tu vas le faire ?

— Faire quoi ?

— Coucher avec le prof d'anglais.

— Qu'est-ce que tu racontes ? Tout ce que j'ai dit, c'est que ça m'a troublée quand il m'a offert un livre. Maintenant, rien ne prouve que ça ira plus loin.

— En tout cas, j'espère que tu as réfléchi, parce que si tu sors avec lui, une fois que ce sera fini, tu devras trouver un nouveau prof pour les enfants, et ce ne sera pas facile à justifier.

— Mais je ne vais pas sortir avec lui ! Il me plaît et c'est la première fois que ça m'arrive depuis mon mariage, c'est normal que ça me perturbe.

— C'est quoi, son nom de famille ?

— Lévy.

— Il ne t'épousera jamais.

— Qu'est-ce que tu racontes ? Tu es folle. Je ne sais même pas si je lui plais et toi, tu me parles de mariage !... Puis je te rappelle que je suis déjà mariée... Et pourquoi il ne m'épouserait pas, d'abord ?

— C'est très compliqué avec ces familles-là. Les Lévy, les Cohen, ils n'épousent pas n'importe qui. Enfin, jamais les goys.

— Eh bien, merci. Merci de m'avoir fait gagner du temps. Je vais tout de suite commencer à chercher un nouveau prof d'anglais pour quand ça sera fini, et puis, pendant que j'y suis, je vais aussi chercher un autre amant potentiel, mais un qui voudra bien m'épouser, juste au cas où...

Les voix des filles dans le couloir la font taire. Quelques secondes plus tard, Élise passe devant elles, suivie de Charlotte qu'elle tient en laisse avec son écharpe, bien que celle-ci la dépasse d'une bonne tête.

— Allez viens, mon toutou, je vais te donner des croquettes...

— Élise ! Ça ne va pas ? s'insurge Violette. Enlève immédiatement cette écharpe du cou de Charlotte. C'est ta meilleure amie, pas un chien !

— Laisse-nous, on s'amuse ! répond Charlotte, un large sourire aux lèvres.

Les deux amies se regardent : la mère du tyran, celle de la victime, unies par le même désarroi.

Puis Jeanne secoue la tête.

— Je ne peux pas croire qu'il ne m'épousera jamais. Quel salaud.

— Oublie, je peux me tromper. Et puis tu as raison, on n'en est pas là... Et Victor, où est-il ?

— Il a emmené Lucas jouer au foot... Tu sais, pendant des années, mon moment préféré a été le week-end parce qu'on allait passer tout notre temps ensemble. Maintenant, c'est le lundi matin, quand il referme la porte derrière lui. Enfin, façon de parler... Il laisse toujours la porte grande ouverte en partant, comme si c'était évident que j'allais le raccompagner à la porte, ou pire, comme si j'étais là pour fermer les portes derrière lui ! De toutes les manières, j'en suis au stade où je ne supporte plus nos week-ends non plus.

— Pourquoi ? Tu t'ennuies ?

— Pas seulement. Il ne fait que radoter, comme un vieux qui aurait perdu la boule ! Ça me rend dingue !

— Ça va avec la vie de couple ! Entendre raconter des histoires qu'on connaît par cœur, c'est inévitable.

— Si ce n'était que ça. Il y a plein d'autres choses. Par exemple, sa première phrase le matin, à 10 heures passées, alors que je suis debout depuis 7 heures, c'est : « Qu'est-ce que je suis fatigué... » D'emblée, je suis énervée. Ensuite, on part se promener au Bois, et quand on passe devant le grand café sur la place, il dit à chaque fois : « Je me demande pourquoi il y a toujours du monde ici. » Au début, je répondais : « Parce que c'est le seul café à la ronde, que la terrasse est plein sud, et que les primates peuvent exhiber leurs belles voitures. » Mais chaque semaine, il répète la même phrase : « Je me demande pourquoi il y a toujours du monde ici. » Maintenant, je l'ignore. Mais il insiste, il me relance ! Ce matin, j'étais tellement à bout que j'ai répondu froidement : « Et moi, je me demande comment on peut être assez con pour se poser une question pareille ! » Il était furieux. En rentrant, il va jouer au Loto, et le soir, après les résultats, il vient me voir pour m'expliquer qu'il a presque gagné !

Violette éclate de rire.

— Je suis d'accord, présenté comme ça, c'est un cauchemar. Mais tu sais, ils ont tous leurs petites manies. Prends Gilles : à chaque fois qu'on passe devant un endroit où il a habité, il me montre l'immeuble en disant : « J'ai habité ici. » Quand il me fait ça, moi aussi je l'accuse d'être sénile...

— Mais nous, on ne leur fait pas supporter ça, comment tu l'expliques ?

Violette hausse les épaules.

— Quand les enfants sont chez des copains, reprend Jeanne, il y a toujours un moment où Victor propose qu'on aille voir ses parents. Je lui demande : « Et sinon ? » Et sinon rien. Il n'a jamais rien d'autre à me proposer. Et moi, je suis fatiguée d'être le G.O. du couple, toujours à suggérer un film, une expo, un restau. Victor ne prend pas la moindre initiative, il ne s'en donne pas la peine.

— Tu sais, tu te focalises sur ce qui t'énerve, mais il y a forcément des tas de choses qui font que ça vaut quand même la peine.

— Je ne sais pas.

— Parce que tu as oublié. Il faut choisir : soit tu trouves les bons côtés, soit tu cherches la faute... Si tu cherches la faute, tu la trouveras toujours.

— Peut-être... C'est bizarre, cette ambiguïté. Moi aussi, je suis capable de soutenir mes amies tout en me montrant très indulgente envers leurs maris. Mais mon indulgence se mue en exaspération totale dès qu'il s'agit du mien... Mais toi, tu laisses tout passer à Gilles...

— Pas tout. Tu devrais faire une liste. Tu te moques souvent de ma manie de faire des listes, mais ça me permet d'y voir plus clair. Essaie, tu verras. Tu n'as qu'à faire deux listes, une avec tout ce qui ne va pas, et une autre avec les bonnes raisons de rester. Tu feras le point après...

Violette regarde sa montre, puis, à plusieurs reprises,

elle appelle sa fille qui joue dans la chambre à côté. Celle-ci fait la sourde oreille.

— Élise, pour la troisième fois : on y va !

Silence.

Elle hausse le ton.

— Élise, qu'est-ce que tu ne comprends pas quand je te dis de venir ?

— Et toi, maman, qu'est-ce que tu ne comprends pas quand je ne réponds pas ?

Violette se tourne vers Jeanne, impuissante.

— Dire que quand j'avais son âge, je n'étais même pas au courant qu'on pouvait ne pas être d'accord...

— Rassure-toi, on est toutes passées par là... C'est un drôle de truc, la maternité : on passe deux ans à leur apprendre à marcher et parler. Et les seize années suivantes à leur dire de s'asseoir et de se taire.

Chapitre 30

Les raisons de rester avec lui :

1) Les enfants.

Quand ils sautaient sur le lit ce matin. Je leur ai dit de se calmer et ils m'ont répondu : « Mais, maman, si on fait les fous, c'est parce qu'on est très heureux ! »... Mes amours.

De quel droit est-ce que je vais changer leur vie ? Victor et moi, on est loin de former un couple idéal, mais eux, ils méritent d'avoir une famille unie.

2) Les autres.

Les parents, les amis... Il faudrait leur expliquer, me justifier, essayer de les convaincre qu'on peut se séparer simplement parce qu'on n'est pas heureux. Ils ne comprendraient pas, tout a l'air tellement parfait.

Sauf s'il y avait un homme pour m'entraîner avec lui. Et là, j'aurais tous les torts, évidemment.

Que deviendra notre vie sociale ? Enfin, plutôt la mienne... Je sais comment ça marche : on invite rarement les femmes seules, les hôtesses disent qu'elles n'aiment pas les tables impaires, mais c'est surtout parce qu'elles se méfient d'elles.

Et au quotidien ? Les vacances, chacun son tour

avec les enfants. Je ferai quoi quand ils seront avec lui ? Et le prêt sur l'appartement, ça marche comment ?

Il faudrait appeler maître Carly, histoire de se renseigner...

3) L'argent.

J'en aurais beaucoup moins. Évidemment. Mais je m'habituerais.

Est-ce qu'on pourra garder l'inscription « Couple » à la salle de sport ? Ça ne m'étonnerait pas qu'ils en profitent pour nous faire payer deux pleins tarifs.

On irait séparément, et on se croiserait de temps en temps. Qu'est-ce qu'on fait quand on croise son ex-mari ? On s'embrasse ? On se salue de loin ? On fait semblant de ne pas se voir ? D'ailleurs, qu'est-ce que je ferais là-bas sans Victor ? Je n'irai plus. Qu'ils aillent tous se faire foutre.

Le voir ensuite au bras d'une femme. Quelle femme ? Si on se sépare, il fera comme Jean-Louis : il s'inscrira sur un site et dès qu'il s'affichera avec une conquête, il prétendra qu'il l'a rencontrée à une nocturne du Louvre.

Il est capable d'en trouver une encore plus jeune que moi. Une pétasse avec jean taille basse et talons de 10 cm.

Et pourquoi pas un tatouage ?... Mon mari va me quitter pour une pétasse avec un tatouage sur la fesse qui dépasse de son jean taille basse. Quel salaud.

Mais non, c'est moi qui vais le quitter, la pétasse sera son lot de consolation.

C'est pareil, c'est insupportable...

4) Vieillir seule.

5) C'est quand même un bon mari.

Chapitre 31

Les raisons de le quitter :

1) La tristesse de notre quotidien.

2) Son égoïsme.

Sa façon de se couper du fromage en creusant à l'intérieur et en laissant la croûte ! Il fait pareil avec les quiches et les tartes, d'ailleurs...

Quand il fait les courses, et qu'il achète les choses qu'il aime en faisant croire que c'est pour moi. Comme le poisson fumé, alors que je déteste le sel. S'il croit vraiment me faire plaisir, c'est encore une preuve qu'il ne me connaît pas...

3) Ses manières d'ado mal élevé.

Cette manie de manger directement dans les plats, en les posant directement sur son assiette vide !

Et puis, ça me rend dingue qu'il se serve toujours du sucre en le versant dans le creux de sa main et qu'il en mette partout. Chaque matin, nettoyer le sucre éparpillé sur la table.

Marre de lui dire : « Il doit y avoir cinquante cuillères ici, tu pourrais faire un effort ! »

Il m'ignore et je le comprends : moi aussi j'ai horreur de cette femme qui lui parle de sucre renversé.

En fait, tous les matins, quand il passe la porte, j'ai déjà eu plein de raisons de m'énerver : salle de bains inondée, cintres et formes de chaussures jetés par terre, portable qui sonne dès qu'il est sous la douche, porte laissée ouverte.

Il revient toujours parce qu'il a oublié quelque chose. D'ailleurs, je me demande pourquoi je referme la porte derrière lui...

Et les pièces jaunes qu'il laisse sur la table en partant ! Je sais qu'il fait ça uniquement pour ne pas encombrer ses poches, alors pourquoi est-ce que je le vis comme s'il s'agissait d'un pourboire minable ? À chaque fois, je ressens une forme d'arrogance non dite : « Je n'ai pas besoin de ça. » Ce qu'il adviendra de ces pièces ? Il a autre chose à penser. Sinon, il devrait répondre : « Je suppose que ma femme les ramassera. »

Je suis une ramasseuse de miettes. Mariée à un homme qui creuse sous les croûtes. C'est formidable.

4) Il ne se sert jamais des bons ustensiles.

Couper le pain avec le couteau à viande, ouvrir les huîtres avec le couteau à fromage... Ce n'est pas possible de se foutre de tout à ce point-là, il a beau me dire que les aspects matériels ne l'intéressent pas ; négliger, abîmer les objets, c'est une forme de manque de respect.

Ça ne peut pas être ça, on ne quitte pas son mari pour des histoires de vaisselle.

Des mauvaises raisons, rien que des mauvaises raisons.

Pareil pour celles qui me font rester.

Allez, je jette ça, c'est nul. Je recommence. En cherchant les vraies raisons.

Les raisons de rester :

1) Les enfants, à condition qu'on ne leur pourrisse pas la vie.

2) La lâcheté.

3) L'attachement à nos habitudes, y compris celles que je ne supporte plus.

Les raisons de partir :

1) L'ennui. Le désamour.

2) Jeff.
Ce que je rate. Peut-être.

Chapitre 32

La table est joliment dressée chez Victor et Jeanne. Ils prennent l'apéritif en compagnie de leurs invités : Jean-Louis, un vieil ami de Victor, célibataire depuis peu, Natacha et son mari Philippe.

Jean-Louis contemple son verre de champagne rosé à la lumière puis secoue la tête.

— ... Non, c'est sans espoir. Un matin, il y a quelques semaines, elle est venue me faire un câlin. J'ai recommencé à espérer, mais quand j'ai parlé de reconstruction, elle m'a dit : « Ce n'est pas du tout ça. Je suis venue parce que tu me fais pitié, tout seul dans le salon à écouter des vieux disques. » Quelle humiliation...

— Ce n'était peut-être pas foutu pour autant, remarque Victor.

— Tu parles ! Ensuite, elle a tout fait pour que je m'en aille. Un soir, j'ai craqué. Je lui avais demandé : « Pourquoi est-ce qu'on ne sortirait pas s'amuser un peu ? » Elle m'a répondu : « D'accord, mais si tu rentres avant moi, laisse une lumière allumée. » Tu serais parti aussi, non ?

— C'est clair ! Quelle salope !

— Ah oui ! s'exclame Philippe. Excusez-moi, on ne

se connaît pas, mais en effet, ça m'a tout l'air d'être un sacré boulet !

— Surtout quand on pense à tout ce qu'on a vécu ensemble !

— Elle doit faire une dépression, dit Jeanne. Ça ne lui ressemble pas du tout de briser son mariage sur un coup de tête, il doit y avoir une blessure profonde...

— C'est forcément une histoire de cul ! coupe Victor. Elle a trouvé un mec qui l'a réveillée et maintenant, elle est accro, c'est tout.

— Je te remercie ! s'écrie Jean-Louis, vexé. Enfin, tu te trompes, je lui ai demandé cent fois si elle avait rencontré quelqu'un et elle m'a juré que non. Non, ce n'est pas ça, elle est en vrac. *She is in* vrac.

— C'est bien ce que je dis, répond Jeanne, elle est en pleine crise existentielle.

— Surtout que je la traitais comme une princesse ! Ce n'est pas pour me vanter, mais mon avocat m'a dit : « Vous êtes le premier client que je rencontre qui va économiser de l'argent en divorçant ! »

— Moi, je ne pourrai jamais quitter Natacha, remarque Philippe. Quand ma sœur a quitté son premier mari, mon père lui a dit : « Ce n'était pas la peine de survivre à un cancer pour assister à une chose pareille ! » Imaginez la culpabilité...

— J'espère que ce n'est pas à cause de ton père que tu restes avec moi, souligne Natacha.

— Bien sûr que non...

— Excuse-moi, Jean-Louis, interrompt Jeanne, mais tu ne penses pas que si elle est partie, tu as forcément ta part de responsabilité ?

— Si, bien sûr. J'ai fait des conneries. Je l'ai négligée, je ne peux pas le nier. La fameuse usure du couple, on était en plein dedans...

— Ça s'arrangera, mon vieux, lui dit Victor. Je

te parie que, dans trois mois, tu nous présentes une femme superbe !

— Tu parles ! Ce n'est pas évident de refaire sa vie... Je passe par toutes sortes de phases. Parfois, je jubile pendant des heures en pensant : « Je suis libre ! » Puis, je vais me coucher complètement déprimé en me disant : « Je vais crever tout seul. »

— Tu es sérieux ?

— Tout à fait ! Le seul couple qui a divorcé autour de nous, c'est les Prouvost. Eh bien, la Prouvost, elle a tout gagné : elle s'est remariée six mois après, ensuite, elle a eu un troisième enfant, et ils sont partis vivre à Melun. Lui, il est tout seul comme un con, il voit à peine ses gosses, enfin... du samedi 9 heures au dimanche 19 heures, autant dire rien du tout ! Il est fichu.

— Mais pour toi, ce sera différent ! proteste Victor. D'ailleurs, je suis sûr que Jeanne et Natacha ont plein de copines célibataires à te présenter, n'est-ce pas ? Tiens : elle est toujours libre, Stéphanie ?

— Oui, répond Natacha.

— Eh bien voilà ! C'est réglé !

— Il y a aussi la sœur de Violette, dit Philippe.

— Elle a quelqu'un ! objecte Jeanne.

— Oui, mais ça ne marchera pas, dit Philippe.

— Qu'est-ce que tu en sais ?

Philippe ignore la question et se tourne vers Jean-Louis.

— Elle est très mignonne.

— C'est vrai ! renchérit Victor. Avec un côté naïf très touchant.

— C'est-à-dire ? demande Jean-Louis.

— Elle a sa carte du PS et milite au sein d'une association d'aide aux migrants, ce qui ne manque pas de panache quand on considère que son père est plutôt réac. Elle est toujours en train de sucer des petites boules blanches homéopathiques... Elle bouffe bio... Bref : tout un tas de conneries, mais elle est marrante !

— Elle fait quoi, dans la vie ? demande Jean-Louis.

Victor regarde Jeanne d'un air interrogateur ; mais celle-ci évite de le regarder.

— Graphiste dans une boîte de com, répond Natacha.

— Ah, très bien ! Enfin, moi, du moment qu'elle n'est pas fonctionnaire...

Jeanne se lève d'un bond.

— Je vais prendre un bain.

— Pardon ? demande Victor, incrédule.

— Ne t'inquiète pas, tout est prêt. Je vous rejoins un peu plus tard, dit-elle à ses invités sidérés.

Elle sort du salon, suivie par Victor.

— C'est une blague ?

— Pas du tout. Franchement, c'est très simple : tu n'as qu'à poser la quiche et la salade sur la table. Ensuite, tu apportes la marmite de pot-au-feu, les gens se serviront.

Elle commence à se faire couler un bain et se déshabille.

— Jeanne, qu'est-ce qui t'arrive ?

— C'est à cause des fonctionnaires.

— Comment ?

— J'en ai marre de vous entendre parler des fonctionnaires.

— Je ne comprends rien à ce que tu racontes. En plus, je te rappelle que ta grande amie Violette est fonctionnaire...

— Elle est chercheuse au CNRS ! Et justement, ça prouve qu'ils ne sont pas tous demeurés ! Et puis je t'emmerde !

— Bon, ça va, j'avais oublié, on ne peut rien dire

sur tes amies. Tu ne veux plus qu'on parle des fonctionnaires, d'accord. C'est une raison pour planter tout le monde ?

— J'en ai marre de vous écouter dire des conneries en général ! De vous entendre disposer de la vie des gens. De mes amies. De la sœur de Violette, qui n'a rien à faire avec Jean-Louis... En plus, je vais te dire une chose : j'ai toujours adoré sa femme ! Tiens, je vais l'appeler demain et l'inviter à déjeuner.

— C'est parfait, invite-la à déjeuner et peut-être à prendre un bain, aussi ! Écoute, Jeanne, je ne sais pas ce qui se passe dans ta tête, mais une chose est sûre : tu dérailles ! Reprends tes esprits et viens dîner avec nous.

— Si j'avais vraiment de l'esprit, je ne t'aurais pas épousé.

Jeanne entre dans la baignoire, s'allonge et ferme les yeux. Victor la regarde, indécis, il reste debout quelques secondes, puis il va rejoindre ses invités au salon.

Chapitre 33

Je suis tellement mieux ici...

Mais j'ai un peu exagéré, je suis dure avec Victor...

Il faut que je lui parle. Que je lui fasse comprendre que c'est devenu trop douloureux de faire semblant.

Lui expliquer que je ne supporte plus rien. Et lui en particulier.

Non, c'est injuste. Il ne m'a rien fait. Du moins, pas intentionnellement.

Lui dire que j'ai besoin d'air. Il va me demander pourquoi.

Qu'est-ce que je pourrai lui répondre ? Que je lui en veux d'être incapable d'être deux, incapable de partager mon idéal ? Ça ne changerait rien. Il n'a jamais exprimé le désir de changer quoi que ce soit, mais c'est impossible qu'il soit heureux avec toutes ces tensions...

J'ai l'impression de vivre une sorte de guerre des tranchées. On s'observe de nos planques respectives. Chacun affûte ses armes, pèse le pour et le contre, hésite à passer à l'attaque.

Une interminable lutte silencieuse où il fait semblant de ne pas voir, et moi je prétends que c'est supportable.

On est liés par nos rôles respectifs. Lui l'égoïste, moi l'emmerdeuse.

Chacun y trouve son identité, chacun est persuadé d'être une victime.

Je suis certaine que tous se posent la même question : Jean-Louis et sa femme sont les premiers, qui seront les suivants ?

Maintenant ils doivent penser que ce sera nous.

Forcément, ce doit être aussi ma faute. J'attends peut-être trop de Victor. Il faudrait être plus libre.

Et plus gentille avec lui.

Violette a raison : il faut considérer les bons côtés aussi, pas seulement les torts...

Oui, j'attends sûrement trop.

Sans même me demander si je sais encore donner.

Il faudrait oublier de prendre. Oublier de posséder. Faire un effort, il n'a pas mérité ça.

Qu'est-ce que je vais lui dire quand les invités seront partis ?

Essayer de lui parler de nous, de mes besoins, encore ?

Essayer autrement ?

Je ne sais pas pourquoi je me creuse la tête : il suffit de sourire, et il fera comme si de rien n'était.

Sourire, et faire semblant, comme lui.

Jeanne étend la jambe et, du bout de son orteil, elle soulève le mitigeur et se laisse envelopper par les vapeurs d'eau chaude.

Chapitre 34

— Et vous, qu'est-ce que vous faites ? demande Jean-Louis à Natacha.

— J'organise des réceptions.

— C'est sympa !

— C'est surtout stressant, objecte Philippe.

— C'est vrai, concède Natacha. Enfin... j'essaie de me détendre à la maison. D'ailleurs, je me suis inscrite à un stage de broderie.

— Ah bon ? s'étonne Jean-Louis.

— Oui, j'aimerais apprendre les points de base ; j'ai toujours aimé me servir de mes mains et, quand je ne passerai plus mes week-ends à cuisiner, j'aimerais bien faire quelque chose de créatif...

Jeanne entre dans la salle à manger, elle a troqué son tailleur pour un jean et un pull en V, elle est pieds nus et ne porte plus la moindre trace de maquillage. Elle est fraîche, détendue, presque gaie.

— Alors, c'est bon ?

— Délicieux ! s'écrient les invités en chœur.

Jeanne surprend de l'inquiétude dans le regard de Natacha, et lui sourit pour la rassurer.

— Tu veux du pot-au-feu ? demande Victor, de mauvaise grâce.

— Non merci, chéri. Je vais passer directement au fromage, je vais chercher le plateau.

Jeanne débarrasse la table et va dans la cuisine. Elle revient, le sourire aux lèvres, et la fin de la soirée se déroule sans encombre.

Au moment de se quitter, Victor dit à Jean-Louis :

— Alors, c'est entendu : on t'appelle pour faire un dîner avec des filles célibataires ! Et d'ici là, essaie de ne te plus te laisser miner par ta femme.

Jean-Louis acquiesce, puis, un peu gêné, il se rapproche de Victor et lui dit en baissant d'un ton :

— Si par hasard elle revient, il ne faudra pas lui dire que je vous ai raconté tout ça !

— Bien sûr que non ! dit Victor en lui tapant dans le dos.

Puis il ajoute :

— Si par hasard elle revient, il ne faudra pas lui dire qu'on s'est dépêchés de lui chercher une remplaçante !

Accord tacite.

Chapitre 35

Natacha entre résolument dans la pièce ; pour la première fois, elle se dirige sans appréhension vers le fauteuil bleu. Elle est essoufflée et prend le temps de rassembler ses idées avant de commencer à parler.

— Aujourd'hui, j'aimerais parler des réactions des autres.

Parce que vous savez, pendant longtemps, c'est ce qui m'a fait le plus souffrir.

Enfin, je commence à m'y habituer. Par exemple, quand on rencontre des gens, maintenant, j'attends l'inévitable moment où ils vont nous demander si on a des enfants. On répond non, alors ils nous demandent depuis combien de temps on est mariés. Et là, il y en a toujours un qui s'étonne : « Ah bon ? Et vous n'avez toujours pas d'enfants ? » Parfois, ils sont plus directs. « Pourquoi est-ce que vous n'avez pas d'enfants ? » Un soir, juste après l'échec d'une FIV, quelqu'un m'a posé la question devant tout le monde, à un dîner. J'ai explosé. J'ai répondu : « Parce que ça pleure, ça chie et ça sent mauvais. » Ça les a fait taire.

Avec notre entourage, c'est plus délicat... Sauf un

jour, un copain a dit à Philippe : « Regarde nos filles : elles sont superbes ! Tu veux connaître la recette ? Quand je les ai faites, j'étais complètement bourré ! » Il avait la tête sincère du type qui est en train de filer un bon tuyau.

Je ne sais pas de quoi sont faits les gens.

Parfois, il y en a qui râlent en évoquant les contraintes liées aux bébés, et puis ils rajoutent : « Ah ! Vous verrez, c'est épuisant ! Et fini les grasses mat ! » Comme si on allait les plaindre ! Franchement, ça donne des envies de meurtre.

Et puis il y a les amis proches. Ils sont plus subtils, ils ne font jamais de gaffe, mais c'est parce qu'ils surveillent tout ce qu'ils disent. Ils me regardent toujours avec un œil inquiet. Parfois je sens leur compassion. Elle me touche, mais elle m'encombre.

Dans l'ensemble, ils essaient d'éviter de me parler de leurs enfants. C'est à ce moment-là que je comprends qu'ils sont devenus un sujet tabou. Il y a un silence qui s'est installé entre nous, complètement artificiel. Il me pèse ; je n'ai jamais souhaité ça.

Alors c'est moi qui leur pose des questions, et ils me racontent des choses, mais ils font exprès d'insister sur leurs difficultés. Comme s'ils voulaient me protéger. Ou me consoler en me parlant de leurs problèmes de parents... En fait, j'ai l'impression que devant moi, ils ressentent le besoin de s'excuser d'avoir ce que je n'ai pas.

Plus personne ne m'a parlé d'amour infini, de grand bonheur ou d'inquiétude folle, plus personne ne m'a cité de mots d'amour ou montré un dessin de son tout-petit depuis... des siècles.

Pendant les premiers mois, on peut dire aux autres qu'on essaie d'avoir un enfant. Puis, à un moment, le doute s'installe chez eux aussi. On passe une sorte de délai invisible. Je ne sais plus combien de temps ça a pris. Un an ? Peut-être plus. Soudain tout bascule. On continue à prendre un ton naturel pour dire qu'on essaie, mais tout le monde comprend qu'il y a un malaise.

« J'essaie »... C'est un drôle de mot. Il est tellement pudique... et complètement dérisoire.

Toute ma vie est suspendue à cette idée : « J'essaie. »

... Avec les enfants des autres ? Ça dépend.

Il arrive qu'on parte en vacances avec des amis qui en ont et, s'ils sont mignons, ça va.

J'ai pris l'habitude, je mets mes boules Quiès pour dormir le matin. Et quand je les enlève, s'ils ne sont pas en train de pleurer ou de se battre, tout va bien. Surtout que c'est très agréable de se réveiller dans une maison avec des rires d'enfants.

Enfin, je ne peux pas dire que le contact soit facile.

J'essaie de me rapprocher d'eux, mais c'est laborieux. Ils m'impressionnent. Je ne connais pas leur monde.

Ils doivent le sentir sans le comprendre. En tout cas, ils ne viennent pas vers moi.

Je crois qu'ils ne savent pas quoi penser de moi, je suis différente parce que je ne suis plus une enfant, mais pas non plus une maman. Un peu comme Élise, la fille de mon amie Violette. Il y a quelques mois, elle m'a demandé : « Est-ce que tu es une maman ? » Quand j'ai répondu non, elle m'a regardée avec curiosité, sans malice, je voyais bien qu'elle se demandait juste comment me situer.

Violette était gênée, elle a vite enchaîné pour changer de sujet. Elle évitait de me regarder. J'aurais dû lui dire : « Ce n'est pas grave, ne t'en fais pas... » Mais je me suis tue.

Ça fait beaucoup de silences, tout ça.

Il y a un autre silence qui s'est imposé : j'ai compris que je ne pouvais pas me permettre de faire des réflexions quand des enfants m'agacent.

Un jour, j'ai vu un copain se laisser faire alors que son gamin de trois ans le frappait avec son râteau. J'ai dit au petit d'arrêter, mais son père m'a dit que ça ne le gênait pas. J'ai répondu que je lui souhaitais bien du courage pour plus tard. Il a aussitôt défendu son fils en m'expliquant que c'était sa faute à lui parce qu'il ne lui consacrait pas assez de temps. Et à compter de ce moment, il a été glacial avec moi.

J'ai sûrement eu tort de m'en mêler. Je m'en fous. Quel que soit le sujet, c'est dangereux de dire la vérité, ça se retourne souvent contre vous. Les enfants des autres et leur éducation, je sais bien que ça ne me regarde pas, alors, dans l'absolu, j'ai forcément tort. Après tout, peut-être que, si un jour j'ai des enfants, moi aussi je me ferai tabasser à coups de râteau !

Je crois qu'il n'y a qu'une chose qu'on a le droit de dire... Non, même pas, je crois qu'en réalité, on n'a pas le droit de dire quoi que ce soit ! On peut juste penser : « Tiens : ça, j'essaierai de faire autrement. » Mais c'est tout.

Par exemple, je ne laisserai pas mes enfants regarder les infos. Le 20 heures, c'est déjà violent pour nous, alors, pour les gosses !

Et puis, je ne leur donnerai pas du ketchup tout le temps. Ça dénature le goût des aliments, et après, plus rien n'a de saveur ! Sans compter que ce sont de mauvaises habitudes dont on ne se défait plus. Prenez Philippe, il en met partout, même quand je lui mitonne de bons petits plats. C'est vraiment énervant. En même temps, ce n'est pas sa faute, on l'a accoutumé quand il était petit...

Là où je me sens le mieux, finalement, ce n'est pas forcément avec mes amis, c'est à mon boulot. Aux soirées que j'organise. Parce que là-bas, je suis anonyme. Je travaille, bien sûr, mais je suis invisible. Les gens ne font pas attention à moi, il n'y a pas de pression sociale, pas de questions, et il y a toujours un moment où je peux me poser et observer.

L'autre soir, à un cocktail, il y avait une fille qui recevait des textos envoyés par un type qui était dans la salle. Mais elle ne savait pas qui. Elle était très intriguée. Elle a vu que j'étais une des organisatrices, alors on a échangé quelques mots, elle voulait savoir si je connaissais certains invités pour l'aider à trouver... J'étais dans son intimité, en même temps, ça n'engageait à rien, on était sûres de ne jamais se revoir, on était libres.

Et puis, il y avait une petite mamie qui mangeait en tenant son sac tout serré contre elle. Au dessert, on a servi de la salade de fruits dans des pastèques. Elle a apporté une chaise devant le buffet pour s'asseoir devant et manger les fruits directement dans la pastèque, tout en restant accrochée à son sac. Elle était toute petite, très concentrée sur ce qu'elle faisait, les gens faisaient attention de ne pas la bousculer. C'était vraiment touchant.

Une autre fois, il y avait un groupe d'amis qui avaient l'air de s'éclater. Un peu plus tard, je les ai vus au vestiaire et ils se disputaient violemment. Ils étaient tellement occupés à se crier dessus qu'ils n'ont pas fait attention à moi. Puis, ils sont retournés à la fête et ils ont recommencé à s'amuser comme si de rien n'était. Incompréhensible. Ça m'a fascinée.

Durant ces moments, je ne pense qu'aux autres, c'est moi qui les observe, et plus l'inverse.

Je m'oublie complètement.

Et c'est parfait.

Chapitre 36

Jeanne arrive à la porte du bureau de Natacha. Elle tient un grand plateau lourdement chargé, songe à le poser, puis se ravise et se contorsionne de façon à sonner avec son menton.

C'est Lola qui lui ouvre.

— Salut, je suis venue déposer les gâteaux.

— Super ! Natacha est partie chercher Maud. Entre, je t'en prie.

Elle s'empare du plateau, le pose sur une grande table et se tourne vers Jeanne.

— Je te fais un café ?

— Volontiers.

Jeanne s'assied et observe Lola préparer les cafés. Elle chantonne, ses yeux sont cernés, ce qui ne l'empêche pas de paraître en pleine forme. Chacun de ses gestes est empreint d'une grande légèreté.

Lola s'empare des deux tasses et vient s'asseoir en face d'elle.

— Ça fait longtemps qu'on ne s'est pas vues, lui dit Jeanne, mais je voulais te dire : je suis désolée pour ton divorce.

— C'est gentil. Mais ça va quand même.

— Oui, je vois, ça a même l'air d'aller très bien ! J'ai presque envie de te demander comment tu fais...

— Oh ! tu sais, on est restés en bons termes, c'est le principal.

— Tant mieux... Mais j'imagine que la décision a été difficile à prendre...

Lola éclate de rire.

— Un peu, oui. Mais je n'avais pas vraiment le choix : ça faisait quand même plusieurs années qu'il me trompait !

— Tu es partie dès que tu l'as su ?

— Non, quand je l'ai appris, il a mis un terme à sa liaison. J'ai pardonné, on a recommencé de zéro, et j'y ai cru. J'étais heureuse.

— Vraiment ?

— Au début, en tout cas. Ça n'a pas duré. Parce que je n'avais plus confiance, quelque chose s'était cassé. On met des années à construire son couple, mais, après une déception pareille, il suffit d'un doute pour tout détruire, même sans la moindre preuve. J'ai vite compris que ça ne pourrait plus marcher. C'est à ce moment-là que j'ai décidé de divorcer. C'était difficile. Mais il n'y avait rien d'autre à faire.

— Je ne sais pas comment tu fais pour tenir le coup.

Lola hausse les épaules.

— C'est simple : je l'ai vraiment aimé. Assez pour que tout ça vaille la peine. Assez pour ne rien regretter... Et toi, tu n'es pas divorcée ?

— Non, mais je suis sur la bonne voie.

— Pardon ?

— Non, je plaisante. Pourquoi tu me demandes ça ?

— Comme ça, pour rien.

— Si, il doit y avoir une raison, répond Jeanne vivement. Ça doit venir de moi, de mon attitude. De toute façon, c'est comme si j'étais seule. Victor et moi, on est des étrangers. Ce n'est pas étonnant que j'aie déjà l'air divorcée.

Lola se tait devant ce flot de paroles qu'elle n'attendait pas. Jeanne elle-même semble se demander ce qui lui a pris de se livrer à de telles confidences.

Chapitre 37

Cramponnée à son volant, Natacha n'en finit pas de ralentir puis d'accélérer. Assise près d'elle, Maud rentre le bas de son visage dans son écharpe, et récite tout bas son mantra pour se calmer. La conduite saccadée de Natacha la terrifie, elle roule toujours en deuxième, passe rarement la troisième ; aussi la voiture fait des bonds, provoquant d'incessantes secousses.

Tout en conduisant, Natacha se penche sur le côté pour prendre son sac.

— Qu'est-ce que tu fais ? s'inquiète Maud.

— Je cherche mon téléphone pour appeler le bureau, Jeanne a dû arriver...

— C'est bon, regarde la route , moi, je m'occupe du téléphone, répond Maud avec empressement...

— En tout cas, merci pour le conseil ; je n'avais jamais pensé à aller voir au marché Saint-Pierre... Et pour les invités, tu prendrais quelle typo ?

— Je te ferai une sélection.

— Je ne sais pas comment te remercier, je vais...

— C'est rien du tout. Simplement, promets-moi de prendre du papier recyclé.

Une place de stationnement se libère juste devant elles, Natacha se gare à un mètre du trottoir, elle entreprend une manœuvre pour s'en rapprocher, mais elle cale et décide d'en rester là.

Maud sort de la voiture, mesure vaguement le passage laissé à la circulation, et vient prudemment rabattre le rétroviseur.

— Il faut que tu prennes de l'aubépine, conseille-t-elle à Natacha. C'est fou ce que tu es nerveuse !

— Sérieusement, je suis claquée. Entre toutes les courses et les préparatifs, je ne m'en sors pas. Je n'ai même pas commencé mon shopping de Noël ! Enfin si : j'ai emmené Galilée, la fille d'Hémorroïde, choisir son cadeau.

— Comment ça s'est passé ?

— Très bien. On est allées dans une boutique de fringues, elle a fait un tour, et elle a dit : "Y'a personne ! C'est normal : tout est moche !"

— Quelle sale gosse !

— Alors je lui ai demandé ce qu'elle voulait, elle ne savait pas, c'est normal, elle a tout ! J'ai fini par proposer de lui donner des sous directement, elle était ravie.

— Et pour sa mère, tu as une idée ?

— Aucune. Tu sais ce qu'elle m'a offert pour mon anniversaire ?

— Non...

— Un bustier à paillettes, lacé dans le dos !

— Elle te prend pour qui ? Paris Hilton ?...

— On se demande ! Tu me diras, je devrais m'estimer heureuse : ce cadeau-là, elle l'a acheté ! Pas comme l'année dernière où elle m'avait offert un pull qui sentait son parfum.

— Demande conseil à Philippe...

— Il ne saura pas. Et il ne va pas faire d'efforts parce que je lui interdis d'aller faire des courses avec elle.

— Tu lui interdis ? Pourquoi ?

— Parce qu'il a tendance à redécorer la maison en fonction de ses goûts à elle ! Il achète les mêmes objets qu'elle, sans se demander une seconde si ça va me plaire.

Elle conclut sa phrase en donnant un grand coup de pied dans une canette abandonnée sur le trottoir.

— J'espère que tu n'as pas changé d'avis pour le stage de feng-shui, ça te ferait beaucoup de bien, observe Maud. Violette et Jeanne se sont inscrites, il ne manque plus que toi.

— Si je n'ai pas de réception ce week-end-là, je viendrai, c'est promis. Même si je ne suis pas sûre d'avoir compris de quoi il s'agit...

Les deux amies arrivent au bureau où les attendent Jeanne et Lola.

— Ma Jeanne, je suis désolée ! s'exclame Natacha. Je n'ai pas pu arriver plus tôt...

— Ne t'en fais pas, on bavardait tranquillement.

Natacha s'approche d'elle et passe la main sur sa nuque dégagée.

— Tu t'es coupé les cheveux ! Quand as-tu décidé ça ?

— Jamais, c'est mon coiffeur. Tu sais ce que c'est : quand on ne décide pas, les autres le font pour vous.

Elle se lève et désigne le plateau.

— Les tartes et les cakes sont prêts, j'espère que ça ira. Je suis désolée, je ne vais pas pouvoir rester tartiner, il faut que je rentre, je n'ai pas commencé les valises.

— Vous partez où, finalement ?

— En Provence. Victor ne peut pas prendre plus de quatre jours, alors, on ne peut pas aller très loin.

— Tu me raconteras... On se voit le 31 à la campagne, j'ai un bon pressentiment, ce sera encore mieux que les autres fois !

Jeanne lui sourit et disparaît rapidement dans la cage d'escalier.

Chapitre 38

Elle me tue, cette Lola.

Elle a l'air sincère quand elle dit qu'elle va bien, qu'elle ne regrette rien... Je n'aurais jamais dû parler de mon couple dans des termes pareils, je la connais à peine !

C'est insensé. La seule femme totalement épanouie dans mon entourage est celle qui vient de divorcer.

Remarque, c'est quand même nettement plus simple de divorcer quand on n'a pas d'enfants.

Elle a dû rencontrer quelqu'un.

Mais Natacha dit que non.

Est-ce qu'on peut être totalement heureuse sans homme ?

Moi, je ne saurais pas, je ne suis pas comme elle...

C'est fou de pardonner, de se séparer sans rancune.

Est-ce que je pourrais faire la même chose avec Victor ?

Elle dit qu'elle était heureuse quand il a quitté sa maîtresse et qu'il est revenu... Moi, je sais bien qu'aucune réconciliation ne suffirait à me faire oublier.

Je souffrirais terriblement s'il me trompait.

Par amour ou par orgueil ?

Est-ce que je l'aime assez pour tolérer qu'il me fasse du mal ? Sûrement pas.

Ça fait longtemps que notre relation est médiocre, mais je ne suis pas sûre de mériter mieux, j'ai laissé les choses se dégrader sans réagir.

Pourtant, hier encore, il m'a dit qu'il m'aimait et je le crois. Il m'aime à sa manière. Il m'aime mal, mais sincèrement.

Alors ? Rester avec lui par courtoisie, pour le remercier d'avoir la bonté de m'aimer ? Parce qu'il m'a donné un bon petit confort ? Il doit y avoir de meilleures façons d'occuper sa vie.

Je ne peux pas tomber si bas.

Chapitre 39

— Ça va, maman ?

— Oui, Jeanne. Et toi ?

— Très bien, mais ma baby-sitter est malade, je me demandais si tu étais libre ce soir ?

— Tu sors ?

— Oui, j'aimerais savoir si tu peux garder les enfants.

— Où vas-tu ?

— À une soirée.

— Chez qui ?

— Tu ne connais pas.

— Jeanne, je suis très inquiète. Depuis que tu m'as dit que ça n'allait pas très fort avec Victor, je ne dors plus la nuit. Je n'imagine pas un instant que tu puisses quitter Victor, c'est un si bon mari !

— Je ne veux pas le quitter, je traverse une mauvaise passe, c'est tout.

— Tu traverses une mauvaise passe et déjà tu sors avec n'importe qui !

— Je ne sors pas avec n'importe qui. C'est d'accord, pour les enfants ?

— Moi, je ne suis jamais sortie avec quelqu'un d'autre que ton père.

— Il y a beaucoup de choses que tu n'as jamais faites et qui sont devenues naturelles.

— Qu'est-ce que ça veut dire ?

— Rien. Je veux juste savoir si je peux t'amener les enfants.

— Tu vas passer la nuit avec lui ? Que va dire ton mari s'il l'apprend ?

— Mais de quoi tu parles ? Je ne vais rien faire du tout ! En attendant, Victor est en congrès à Rome et tu ne te demandes pas s'il dort seul...

— Alors, c'est ça, le problème ? Tu as peur qu'il ne te trompe et tu te venges en allant coucher avec un minable.

— Ce n'est pas un minable.

— Un homme qui sort avec une femme mariée est forcément un minable.

— Arrête ! Est-ce que je peux te déposer les enfants ?

— Ces pauvres enfants... Tu as toujours été instable, tu as de la chance d'avoir trouvé un mari pareil.

— Maman, ça suffit ! Je ne t'ai pas appelée pour savoir tout le bien que tu penses de Victor, je le sais déjà !

— Bon, ça va, calme-toi ! Sanguine comme tu es, tu vas t'énerver avec le minable aussi, et ce sera fichu d'avance.

— Maintenant, tu t'inquiètes pour le minable ?

— Ah ! Tu vois bien que c'est un minable !

— Au revoir, maman.

— Attends ! À quelle heure tu viens ?

— Je ne viens pas, je ne sors pas. Tu es contente ?

— Si tu restes tout le temps chez toi, tu ne rencontreras jamais personne, et quand Victor t'aura quittée, tu te retrouveras toute seule !

Chapitre 40

Jeanne fait les cent pas en bas de l'immeuble de Jeff, devant un magasin de tapis qui affiche comme il se doit un « Rabais monstre avant fermeture définitive ». Elle serre très fort une bouteille de champagne dans ses mains, son cœur bat anormalement vite et elle décide de ne pas monter avant d'avoir repris le contrôle. Ou tout au moins, avant d'avoir essayé.

Une vieille Peugeot verte déboule dans la rue. À son bord se trouvent cinq filles surexcitées qui dansent tellement qu'elles font tanguer la voiture. Des échos de musique psychédélique s'échappent, soulignés par les mouvements de tête et de corps des jeunes filles.

De grandes bandes de papier toilette s'envolent par les fenêtres.

Les passants regardent ce spectacle, mi-choqués, mi-amusés. La voiture se gare et les filles en sortent, hilares.

Puis elles se dirigent vers l'immeuble de Jeff, et y entrent.

Jeanne est pétrifiée.

Elle décide de partir, puis se raisonne.

Peut-être qu'elles vont ailleurs ?

Si elle ne monte pas, elle ne saura jamais.

Combien lui coûtera ce renoncement ?

Que dira Natacha si elle abandonne ?

Il fait très froid, impossible de rester dehors plus longtemps. Il faut se décider.

Rabais monstre avant fermeture définitive.

Un couple passe, main dans la main, et s'éloigne à pas lents, sans un mot.

Jeanne pousse la porte cochère.

Un sourire illumine le visage de Jeff lorsqu'il l'aperçoit. Il l'accueille chaleureusement, ce qui la rassure et lui permet d'ignorer la présence assourdissante des cinq filles de la voiture verte.

À peine ont-ils échangé quelques mots qu'une jeune femme apostrophe Jeanne.

— Jeanne ! C'est bien toi ?

— Oui.

— Tu me reconnais ?

— Euh...

— Je suis la petite sœur de Fabrice, Sybille.

Elle se tourne vers Jeff.

— Jeanne est sortie avec mon frère, il y a vingt-cinq ans.

La claque... Oui, un vague souvenir de la petite peste qui parlait déjà trop.

Jeff sourit, l'air étonné ; Jeanne se tourne vers Sybille en lui rendant son sourire.

— Non, c'était avec ton père, il y a trente-cinq ans.

Jeff éclate de rire. Ouf.

Sybille dit à Jeanne combien elle se réjouit de cette rencontre, surtout que Fabrice doit passer un peu plus tard. Et elle entreprend de lui raconter tout ce qui leur est arrivé durant les deux dernières décennies.

Pendant tout ce temps, Jeff regarde Jeanne posément, sans chercher à dissimuler l'intérêt qu'il lui porte. Elle est troublée, intimidée. Elle a toujours été attirée par les hommes qui s'imposent. Ceux qui osent. Elle trouve ça viril. Très attirant.

Le regard de l'autre. Soutenir son regard. Ou son sourire, c'est plus facile. Les yeux de Jeff sur sa robe rouge l'embarrassent, puis la flattent. Tour à tour, elle change de pose, d'attitude, passant de la gaucherie à la provocation.

Mais elle n'a plus l'habitude de ces petits jeux, et très vite, elle sent qu'en fait, elle ne maîtrise rien. Elle est presque soulagée quand il s'éloigne pour aller ouvrir la porte.

À partir de ce moment-là, les invités les séparent, surtout une jolie rousse, une Anglaise prénommée Megan, qui ne le lâche pas d'une semelle. Jeanne guette les signes trahissant leur degré d'intimité, mais elle ne trouve rien de tangible.

Bientôt, Megan prend Jeff par la main et l'entraîne pour danser. Il se laisse faire, tout en cherchant Jeanne du regard. Il la lâche à peine des yeux ; c'est flatteur, mais Jeanne le sent bien, l'autre fille tient vraiment à lui. Elle ne le lâchera pas. Il y a longtemps, elle a été à la place de celle qui s'évertuait à séduire un homme qui ne la regardait pas ; la scène réveille le chagrin qu'elle en avait éprouvé et d'une certaine manière, elle plaint un peu la jeune Anglaise. Mais elle compatit avec le confort de celle qui se sait choisie.

Fabrice est arrivé et Sybille s'empresse de les réunir. Jeanne trouve qu'il a pris un sacré coup de vieux et se demande s'il se fait la même réflexion à son sujet. En tout cas, ça ne l'empêche pas de se livrer à une cour effrénée, pas plus que le fait d'apprendre qu'elle est mariée et mère de famille. Jeanne le laisse faire, trop heureuse de pouvoir donner le change à Jeff, et, quand Fabrice lui propose de danser, elle le suit volontiers. D'autant plus que c'est une bonne occasion de se rapprocher de Jeff sans en avoir l'air.

Alors qu'elle ne connaissait aucun des morceaux diffusés retentit soudain un titre qui a rythmé les lointaines soirées de son adolescence, *Last night a DJ saved my life*, qu'elle entonne avec bonheur. La sonnerie d'un téléphone retentit, cela fait partie de la chanson, mais Jeanne, qui ne s'en souvient pas, s'écrie : « Téléphone ! », sous le regard amusé des autres danseurs. Elle continue à danser tout en s'étonnant que personne ne réponde. Une autre sonnerie, elle crie : « C'est peut-être important ! » en direction de Jeff qui se contente de lui sourire.

Sybille la dévisage en riant.

— Mais arrête ! Tu déconnes ou quoi ? C'est dans le morceau ! Tu devrais le savoir, c'est un tube des années 1980 !

À la fin de la chanson, la sonnerie retentit à nouveau et un type crie à Jeanne :

— C'est pour toi !

Hilarité générale.

Quelqu'un baisse les lumières et Jeanne se demande si c'est l'anniversaire de quelqu'un ; elle guette en vain l'arrivée d'un gâteau avant de réaliser que le jeu de lumières ne sert qu'à favoriser les rapprochements.

Les regards de Jeff sont de plus en plus appuyés, les mains de Fabrice un peu plus pressantes, et Jeanne commence à paniquer. Surtout, tâcher de ne pas le montrer. Continuer à danser.

Autour d'eux, plusieurs personnes sont ivres. L'une des filles de la voiture verte est enfoncée sur un canapé ; elle a enlevé ses chaussures et suce goulûment son pouce.

— Je lui donne vingt minutes, annonce Sybille.

— Pour ?

— Aller vomir. Vingt minutes, trente maxi.

Jeff s'approche de Jeanne et lui glisse :

— Je ne sais pas ce que vous essayez de faire, mais en tout cas, ça marche.

En un éclair, Megan se faufile entre eux, entraîne Jeff et la laisse aux mains de Fabrice, auxquelles il devient de plus en plus urgent d'échapper.

Jeanne s'éloigne et va se servir un verre, puis elle s'assied sur le canapé, à distance raisonnable de la fille qui suce son pouce.

Fabrice la rejoint. Le volume de la musique est un bon prétexte pour lui parler dans le creux de l'oreille, et passer son bras autour de ses épaules. Elle écarte le bras de Fabrice et se réfugie dans l'entrée.

La tête lui tourne, elle s'adosse contre un mur et se demande soudain ce qu'elle est venue faire ici.

Ses yeux rencontrent ceux de Jeff, venu tranquillement prendre place en face d'elle.

Il semble parfaitement insensible à l'agitation ambiante, et se contente de la fixer avec la même intensité que depuis le début de la soirée.

— Il vous plaît ? lui demande Jeff.

— Qui ça ?

Jeff désigne Fabrice, toujours assis sur le canapé. Il a digéré sa déception momentanée et tente désormais de lier connaissance avec la fille de la voiture verte.

— Vous savez bien que non, répond Jeanne.

— Tant mieux. J'avais bien envie de lui éclater quelques dents... De toute façon, il en a trop !

Jeanne éclate de rire et respire un grand coup. Puis elle détourne le regard.

— ... Je crois que je vais rentrer.

— Restez.

— ... Je ne peux pas.

Survient Megan qui annonce qu'elle va s'en aller. Elle reste plantée devant Jeff et attend qu'il la retienne. Mais il se contente de lui sourire poliment et reste désespérément muet. Elle part alors faire la tournée des adieux ; de toute évidence, elle espère qu'il changera d'avis et cherche à gagner du temps.

Il est tard, et les invités commencent à partir. Jeff les salue, sous le regard de Jeanne qui essaie de se convaincre de faire comme eux.

Megan revient dix minutes après et se lance :

— Je vais y aller. Sauf si tu veux que je t'aide à ranger...

— Non, ça ira, on m'a déjà proposé de l'aide.

Megan encaisse tandis qu'il l'embrasse gentiment sur les deux joues. Sans le moindre trouble, il referme soigneusement la porte derrière elle.

Jeanne est à nouveau partagée entre la fierté et la culpabilité.

— Elle avait tellement envie de rester, observe-t-elle.

Il répond, impassible :

— Si j'avais voulu qu'elle reste, je le lui aurais dit.

Encore cette assurance désinvolte qui la séduit. Pourtant, elle se dit qu'il ne se passera rien entre eux. Pas parce qu'elle ne peut pas, mais parce qu'elle se découvre incapable d'aller au bout de son envie.

Trop de scrupules, de gêne, de risques et d'inconnu.

Jeff la laisse partir, et accompagne son départ d'un « À bientôt », qu'il sait suffisant pour entretenir son trouble.

Chapitre 41

Assise dans sa voiture, Jeanne compose le numéro de Natacha et lui laisse un message.

« La soirée a été... Beaucoup de monde, trop de jeunes. Musique très forte, je ne connais plus rien à rien. On est dépassées, ma vieille. À moins que ce soit moi seulement.

L'appartement de Jeff aussi m'a rappelé nos années d'étudiantes : trois meubles et presque pas de vaisselle.

J'ai dû boire huit verres de vin. Sans eau pour diluer l'alcool. Et j'ai horreur de l'admettre — tu sais à quel point — mais ma mère a raison : je parle trop quand je bois, et j'ai sûrement dit des conneries.

J'avais une rivale, gentille, je suis presque désolée pour elle. Parce que c'est moi qu'il préfère...

Et devine : il y avait Fabrice, celui avec qui je sortais en terminale, et sa petite sœur Sybille, celle qu'on appelait "tête de poisson"... Il est toujours aussi con. Elle aussi.

Tout le monde s'est mis à la mode du porno chic. Les filles portaient des petits hauts en dentelle noire, ou des robes qui laissaient voir leurs bretelles de soutien-gorge. J'étais bien contente de ma robe rouge.

Jeff. Il me plaît, je lui plais, mais je n'ai pas osé. Ça t'étonne ?

En fait, c'est toujours le même fantasme absurde. Parce qu'il faut que je te dise : ça m'était déjà arrivé avant.

Et comme un bon fantasme qui se respecte, on en rêve en rougissant, on échafaude des tas de possibilités, on provoque même un peu, mais si ça devient possible, ça ne ressemble plus du tout à un fantasme...

C'est juste terrifiant.

Alors, marche arrière. Je me sens sale et vide.

En résumé : un énorme risque de tout foutre en l'air pour un moment d'égarement, qui pourrait être très décevant...

Mea culpissima.

Demain, je me détesterai. Trop d'alcool, trop de clopes, trop tard au dodo, trop de provoc. et pas assez du truc qu'il est préférable qu'il ne se soit pas passé.

Mais si je me déteste, ce sera surtout parce que je n'ai fait qu'un bout du chemin.

Parce que j'étais là pour lui.

Parce que c'était possible.

Parce que je suis nulle.

En venant ici, j'étais pétrifiée de peur, mais au moins je me sentais vivante.

Et je repars, anesthésiée, les deux pieds englués dans la vase de ma petite vie. »

Jeanne veut commencer une nouvelle phrase, mais les mots se mélangent dans sa tête. Elle prononce quelques syllabes incompréhensibles, puis soupire et se tait. Elle tente de mettre de l'ordre dans ses idées, puis elle se résigne et raccroche. Elle jette son téléphone sur le siège voisin et appuie son front contre le volant.

Elle reste là plusieurs minutes, goûtant au silence, puis se redresse brusquement quand son portable sonne, affichant le prénom de Natacha.

— Je viens d'avoir ton message, on en parlera demain. Pour l'instant, juste une chose : tu as vraiment trop bu, il n'est pas question que tu conduises dans cet état. Remonte chez Jeff et demande-lui de te faire un café.

— Tu es folle !

— C'est toi qui es folle ! Tu bois un litre de café et tu repars quand tu auras dessoûlé.

— Je n'oserai jamais remonter.

— Alors, appelle un taxi.

— Mais je dois récupérer les enfants tôt chez ma mère, il faudra que je revienne prendre ma voiture d'abord, c'est galère...

— Je m'en fous ! Tu ne bois jamais et tu m'annonces que tu as bu huit verres de vin ! Tu retournes chez don Juan, je t'assure qu'il comprendra. Sinon je viens te chercher...

— Il n'en est pas question ! Et puis, qu'est-ce que tu vas dire à Philippe ? Bon, c'est d'accord. Je remonte.

— C'est bien. Je t'appelle demain.

Jeanne repose son téléphone et regarde par la fenêtre. Un groupe de personnes qui étaient chez Jeff sortent de l'immeuble et s'éloignent en riant.

Elle pousse un grand soupir et sort de sa voiture.

Jeff ne semble même pas étonné lorsqu'il ouvre la porte. Il se contente de s'effacer pour la laisser entrer.

— Je suis désolée, mais j'ai vraiment trop bu, je

vais avoir du mal à rentrer chez moi, ça vous ennuierait de me faire un café ? »

Tandis qu'il disparaît dans la cuisine, Jeanne enlève son manteau et entre dans le salon. L'appartement s'est vidé, toutefois des bruits étranges lui parviennent de la salle de bains. Elle s'approche et découvre la fille de la voiture verte en train de vomir, conformément aux prédictions de Sybille. Elle tourne les talons et se retrouve nez à nez avec Jeff.

Le café s'écoule doucement, au rythme où il défait chacun des douze petits boutons de soie rouge.

Chapitre 42

Le mobilier du salon de Violette a été un peu bousculé pour céder la place à un sapin de Noël, uniquement décoré de petits nounours et de lumières blanches.

Violette observe Quentin tandis qu'il finit de confectionner une petite couronne en papier.

— Tu regardes mon bleu sur l'ongle ? demande-t-il, inquiet. Ce n'est pas de la saleté, je me suis coincé le doigt dans une porte.

— Non, c'est toi que je regarde. Excuse-moi, mais tu n'as pas l'air dans ton assiette.

— Ça se voit tant que ça ?

Il remet la couronne à Élise qui l'embrasse et part en courant pour l'essayer dans sa chambre.

Quentin soupire.

— C'est fini avec mon copain.

— Oh ! Je suis désolée...

— Depuis deux jours, dès que j'arrive chez moi, je pleure. Il devait venir avec moi à Miami... C'était trop beau, j'y croyais vraiment... Tellement que j'en avais parlé à ma mamie. Je lui ai dit que j'avais rencontré quelqu'un, elle m'a simplement demandé : « Il est gentil ? »

Il réprime un sanglot.

— Tu rencontreras quelqu'un d'autre, quelqu'un de mieux, lui dit Violette.

— Si tu savais comme il me tenait dans ses bras...

La porte d'entrée claque.

— Bonsoir, tout le monde ! crie Gilles.

— Bon, on va changer de sujet, dit Quentin à mi-voix, ça énerve les hétéros quand je parle comme ça...

— Qu'est-ce que tu fais ce soir ?

— Rien, je suis trop déprimé.

— Reste avec nous, ça me ferait plaisir ! Il y a Maud, ma sœur, et son petit copain qui viennent dîner.

— Non, tu es gentille, je vais rentrer et me faire des pâtes alphabet, ça me fera du bien.

— Il n'est pas question que tu passes la soirée de Noël tout seul à manger des pâtes alphabet !

— Non, je t'assure, je suis crevé. Et puis je vais regarder *Mamma Mia*, ça fait longtemps...

— Et demain, tu fais quoi ?

— Rien, mais ne t'inquiète pas pour moi, j'ai deux semaines de télé-achat à rattraper.

— Comment ?

— Je les enregistre pendant la semaine, et je les regarde en continu le dimanche. Là, avec les fêtes, j'ai été débordé et j'ai pris du retard.

Élise revient en courant et se jette sur Quentin.

— Tu avais dit que tu me ferais un chignon, ça sera plus joli avec la couronne !

— Non, chérie, intervient Violette, Quentin en a assez fait com...

— Mais si, c'est moi qui le lui ai proposé, coupe Quentin. Mais attention ! dit-il à Élise. Il faudra rester bien tranquille !

Élise lui tend son petit pouce tendu en signe d'accord.

Une heure plus tard, Élise fait face à Maud et

Laurent en brandissant sa baguette magique. Fière de son chignon et de sa couronne, elle se tient cérémonieusement, vêtue d'un déguisement.

— Je suis la fée rose. Qu'est-ce que vous voulez devenir ?

— Euh... Une sirène, répond Maud mollement.

— Chkling ! Voilà, tu es une sirène !

Elle regarde Laurent.

— Et toi ?

— Ce que tu veux.

Élise lui tourne le dos et avance vers sa mère.

— Toi, je te transforme en princesse, chkling !

Puis elle se tourne vers son père :

— Et toi, en caca de chien !

Elle revient vers Laurent en pointant sa baguette d'un air menaçant.

— Alors ?

— Je veux bien être un chevalier, répond-il, soudain très empressé.

Au grand soulagement de Violette, Gilles n'a pas entendu quel rôle sa fille lui a attribué, il est trop absorbé par l'ouverture d'une bouteille de champagne.

Elle se tourne vers sa sœur.

— C'est gentil d'avoir aidé Natacha, il paraît que tes quiches ont eu un succès fou.

— Il faut qu'elle prenne de l'aubépine, répond Maud en secouant la tête.

— L'année dernière, Élise était trop petite pour dîner avec nous, dit Violette à Laurent. C'est sa première soirée de Noël...

— Oui, intervient Gilles. Résultat : Maud nous avait parlé du réchauffement de la planète pendant tout le repas.

Il tend une coupe de champagne à Laurent.

— Tu as l'habitude, je suppose...

Un concerto de piano se fait entendre.

— C'est le voisin du dessus, s'exclame Violette ! Il doit être tout seul... Je devrais peut-être lui proposer de se joindre à nous ?

Gilles lui tend un verre de champagne et l'embrasse sur le front.

— Ma chérie, tu es adorable, on n'est quand même pas l'Armée du Salut !

Violette est sur le point de protester, mais son mari suggère de passer à table. Il propose du foie gras à Élise, qui refuse ; devant son insistance, elle répond :

— J'ai dit non, papa, c'est pas très compliqué à comprendre.

Gilles soupire et choisit d'ignorer l'insolence de sa fille.

— Il faut être gentil avec ses enfants, explique-t-il à Maud et Laurent. Après tout, ce sont eux qui choisiront votre maison de retraite.

Élise se frotte les yeux et ses parents décident d'interrompre le repas pour procéder à la cérémonie des cadeaux, afin qu'elle puisse aller se coucher ensuite.

— Tu aurais mieux fait de lui acheter des fleurs ! commente Élise en regardant le vase que Laurent a offert à sa mère.

Celle-ci proteste et fait diversion en lui offrant le cadeau dont elle rêvait, une poussette miniature où elle installe sa poupée préférée.

— Eh bien ! Elle est belle, la poussette de Miyayo ! s'exclame Gilles.

— C'est pas Miyayo, c'est Miyayi ! Papa, tu te trompes tout le temps !

— Ce n'est pas ma faute, c'est la même poupée...

Elle lui lance un regard furieux.

— C'est parce qu'ils sont jumeaux. Mais ils sont pas nés la même année, précise-t-elle.

***

Distribution de baisers, c'est l'heure d'aller au lit. Violette accompagne Élise et la borde délicatement, en prenant soin de poser Miyayi près d'elle. Élise la contemple avec fierté.

— Je n'ai jamais vu une poussette aussi jolie, je vais la montrer à son papa.

— Le papa de Miyayi ? s'étonne Violette. Il s'appelle comment ?

— Je ne sais pas.

— Tu devrais le savoir, parce que en théorie c'est ton mari...

Silence. Visiblement, Élise est troublée. Elle réfléchit, puis, sans assurance :

— Il s'appelle Lampe.

— Lampe ? Tu aurais pu trouver un mari avec un plus joli nom !

— C'est pas sa faute ; c'est ses parents qui l'ont appelé comme ça !

Violette sourit ; Élise passe ses bras autour de son cou et lui demande :

— Et toi, t'as pas de maman ?

Une ombre de panique passe sur le visage de Violette. Elle murmure :

— Si, tout le monde a une maman. Mais la mienne est partie très loin.

Elle embrasse tendrement la main de sa fille, puis s'en détache rapidement et quitte sa chambre.

Chapitre 43

Élise, ma chérie,

Pardonne-moi. Je n'ai pas su te répondre. J'aurais dû te dire des choses rationnelles et apaisantes, mais je n'y arrive pas. Je savais qu'un jour, tu me poserais ce genre de questions, je pensais m'y être préparée, mais, quand tu l'as fait, mon cœur a battu si fort que ma gorge en tremblait.

Pardonne-moi de te condamner à mes silences.

Quand Maud est née, on m'a envoyée passer des vacances chez mes grands-parents. Ma mère m'a terriblement manqué, j'attendais ses coups de fil avec impatience et, dès que je le pouvais, je m'isolais pour lui parler. J'entendais son « Allô » et ça allait tout de suite mieux. Je lui demandais : « Tu m'aimes ? », et il y avait un petit temps avant qu'elle ne réponde. Juste une petite seconde, le temps qu'elle cherche les mots justes. Et puis elle répondait. Jamais de la même manière, mais toujours résolument, comme si sa vie en dépendait. « Plus que tout au monde ! », « À la folie ! »...

Je raccrochais et tout allait bien.

Je me souviens de ces coups de fil et de ce petit temps d'attente si précieux, porteur de ma délivrance.

On devrait toujours prendre le temps d'hésiter avant de répondre aux questions essentielles.

Je pense à elle et je pense à toi. À la façon dont elle aurait pris ton visage entre ses mains. J'imagine vos sourires, je te vois te blottir contre elle. Vos visages se confondent. L'amour que vous vous seriez porté me manque.

Un jour, je suis allée me promener avec ma grand-mère. Nos pas nous ont menées jusqu'à un cimetière. Elle a descendu les marches d'un caveau et s'est arrêtée devant une grille. Elle a levé la tête, m'a regardée tranquillement en disant : « La mort est une chose merveilleuse. » Je ne lui ai pas demandé ce qu'elle voulait dire. Je ne sais pas pourquoi. Sur le moment, je me suis contentée de m'imprégner de sa conviction. J'aimerais t'offrir la même certitude.

T'aider à croire que le monde de l'après est un endroit doux.

En échange, le jour où je partirai, promets-moi de ne pas écouter le sermon insupportable de ceux qui te diront que la mort est une délivrance pour ceux qui ont vécu dans la crainte de Dieu, et qui emploieront des mots monstrueux comme « châtiment expiatoire ».

Mais tout ça est loin.

Joyeux Noël, mon ange.

Chapitre 44

Mal au cœur.

Je n'aurais jamais dû finir la bûche de Victor.

Horriblement mal au cœur.

C'est le foie gras. Ou le canard.

J'aurais pas dû prendre de fromage.

Non, c'est la bûche. Je déteste la crème au beurre et j'en ai mangé deux parts. Je dois être maso. Ou conne. Ou les deux. Bûche glacée l'année prochaine.

Parce que je serai toujours là, on dirait.

Il faut que j'essaie de dormir, je suis sûre que ça ira mieux quand je me réveillerai.

Tiens, il est sorti des toilettes. Je vais faire semblant de dormir, ça évitera de commenter le dîner. Il allume la télé... Voyons, il va peut-être mettre quelque chose qui me distraira...

Chaîne d'infos... Elle a mis un pull à paillettes. C'est la fête.

Fin du flash, il change...

Je crois que si je me suicide un jour, ce sera après avoir zappé toute une soirée sur les programmes d'une soirée de fête. Une énième série policière, un bêtisier, et une redif de *Qui veut gagner des millions*... Du cirque, je crois qu'à huit ans, je trouvais déjà ça déprimant...

Une comédie des années 1970 avec Pierre Richard... Je ne peux pas croire qu'il reste dessus... Et il se marre, en plus. Qui a envie de continuer à vivre après ça ?

Tiens, il change. Un documentaire animalier, pas étonnant, il adore, ça le fait dormir...

Jeanne se redresse brusquement.

— Oh non, il a une aile cassée, les crabes vont le bouffer !

— Je croyais que tu dormais...

— C'est atroce, je ne peux pas regarder ça !

— C'est la loi de la nature.

— C'est trop cruel...

— On en a déjà parlé : ça fait partie du processus de la chaîne alimentaire.

— Tu dis toujours ça, mais ça ne change rien ! C'est la nature, alors c'est moins cruel ? Voilà pourquoi je ne regarde jamais de documentaires animaliers, tous les films montrent des bêtes en train de se dévorer.

— Mais c'est passionnant !

— Je ne sais pas comment tu peux regarder ça ! Et t'endormir devant...

— Ça me rappelle ce que dit Jean-Louis : quand tes enfants atteignent les douze ans, tu comprends pourquoi certains animaux mangent une partie de leur portée...

Il rit, en attendant qu'elle fasse de même.

— Bien entendu, reprend-il, tu ne trouves pas ça drôle.

Il soupire, agacé par son mutisme.

— Évidemment que je ne trouve pas ça drôle : ce n'est pas drôle. Juste bête et méchant.

— Oublie, ça vaut mieux.

— J'ai mal au cœur, je vais me faire une tisane.

⁂

Pendant que l'eau chauffe, Jeanne s'assied à la table de la cuisine, effleurant par mégarde l'ordinateur que Victor avait posé dessus. L'écran, qui était en veille, se rallume aussitôt, dévoilant un échange de mails.

De : Jean-Louis Borel
À : Victor Emery
Objet : Merci

Très sympa le dîner chez vous l'autre soir.

Désolé, mais je suis obligé d'annuler le tennis ce soir, je dois régler des problèmes de bagnole.

Merci pour l'invitation mais je vais passer Noël chez ma sœur.

Et Jeanne, ça va mieux ? Je l'ai trouvée bizarre.

Elle est jolie, la petite blonde. *Really hot*. Natacha, c'est ça ?

Ils ont des enfants ?

*

De : Victor Emery
À : Jean-Louis Borel
Objet : re Merci

Jeanne bizarre en ce moment, mais ça passera

quels problèmes de bagnole ?

oui, jolie

ne peuvent pas en avoir

*

De : Jean-Louis Borel
À : Victor Emery
Objet : re Merci

Elle cale tout le temps, c'est très emmerdant.

Ils ne peuvent pas en avoir ? La faute à qui ? Je suis sûr qu'avec un bon géniteur, ça s'arrangerait.

*

De : Victor Emery
À : Jean-Louis Borel
Objet : re Merci

ça doit être le carburateur

qu'est-ce que tu proposes ?

*

De : Jean-Louis Borel
À : Victor Emery
Objet : re Merci

Pour définir les procédures de procréation assistée par d'amicales entremises, il suffit de s'entraîner un peu, régulièrement, et on obtient vite des résultats probants.

Il n'y a pas d'effets secondaires.

On peut même garder son mari.

La seule conséquence possible, c'est qu'un sourire persistant s'installe sur le visage de ladite blonde, que ses joues rougissent de temps en temps, que l'inspiration redouble dans toutes les activités manuelles et que le mari, par ailleurs fort sympathique, continue à payer les crédits comme avant.

*

De : Victor Emery
À : Jean-Louis Borel :
Objet : re Merci

on passe le réveillon chez eux à la campagne. tu veux venir ?

*

De : Jean-Louis Borel
À : Victor Emery :
Objet : re Merci

Pourquoi pas ?

Il faudrait de toute façon faire plus ample connaissance pour envisager la *friendly* fécondation de notre blondie-brodeuse amateur.

Le sifflement de la bouilloire fait sursauter Jeanne. Elle regarde l'heure de la réponse de Jean-Louis ; c'était dix minutes plus tôt, Victor était déjà dans la chambre avec elle.

Elle réfléchit un instant, va se servir, puis revient s'asseoir et commence à taper la réponse.

De : Victor Emery
À : Jean-Louis Borel :
Objet : re Merci

Laisse tomber, c'est une mauvaise idée.

Jeanne envoie le message, puis referme l'ordinateur d'un geste sec.

Chapitre 45

Natacha est pelotonnée au fond du grand fauteuil bleu. Elle semble épuisée et parle plus lentement que d'habitude.

— Vous avez passé un bon Noël ?... Le mien a été catastrophique.

Quand on y pense, c'est presque amusant : mon métier est d'organiser des fêtes pour les autres et, après une soirée chez moi, j'ai presque envie de me flinguer...

La soirée du 24 a été franchement terrible. Il y avait juste Philippe et moi, et mes parents.

J'avais l'impression d'être assise avec des étrangers. Tous tellement occupés à ignorer le fait qu'il n'y avait pas d'enfant à table, et à se demander en silence si le sapin, les cadeaux, et tout le tralala avaient vraiment du sens.

Moi qui ai toujours adoré Noël, maintenant, c'est un enfer. La magie de Noël, ça ne veut plus rien dire.

Mes parents ne s'entendent pas, ça a toujours été comme ça.

Je regrette qu'ils ne se soient jamais séparés, j'ai

subi leurs engueulades monumentales pendant toute mon enfance. Plus tard, j'ai souvent essayé de m'interposer quand ils se disputaient, mais c'est tout juste s'ils remarquaient ma présence. Pendant toute mon enfance, j'ai envié mon amie Violette. Tout était mieux chez elle, y compris ses parents qui avaient l'air de s'aimer vraiment. Je trouvais que leur vie avait l'air tellement plus belle que la nôtre.

Jusqu'au moment où tout a changé : sa mère est morte, et son père est devenu bizarre, très distant.

Elle m'a raconté qu'un jour, il lui avait dit qu'elle n'était pas très belle, mais que ce n'était pas grave car seule comptait la beauté intérieure. D'abord, elle est très jolie ; ensuite, il faut être cinglé pour dire des choses pareilles à sa fille !

Mais quand j'étais jeune, je l'enviais. Les bagarres de mes parents me pesaient terriblement. Maintenant, ils s'ignorent, ce n'est pas tellement mieux. On est passés des cris au silence complet, jamais le moindre équilibre. Pris séparément, ça va ; c'est ensemble qu'ils sont impossibles.

Entre Philippe et mes parents ?...

Ça ne va pas très fort non plus. Rien à voir avec moi et sa sœur, mais enfin, ce n'est pas terrible. Qu'est-ce que vous voulez, Philippe est très naïf. Un jour, il a donné à ma mère un article sur les vitamines conseillées pour les personnes du troisième âge en lui disant que ça la concernait. Il croyait bien faire ! Elle a pris l'article, l'a remercié poliment, et, le lendemain, elle est venue lui déposer *L'Idiot* de Dostoïevski et une bouteille d'*Égoïste*, le parfum de Chanel. Elle a laissé un petit mot en reprenant son expression : « Ça vous concerne ! »

Il a fait semblant de trouver ça drôle, mais il était aussi vexé qu'elle. Depuis, les relations sont courtoises, mais assez froides.

À Noël, ils m'ont tous tapé sur les nerfs. Mes parents qui parlaient de la pluie et du beau temps, et même Philippe. Je ne sais pas si c'est parce qu'il en avait marre de leurs banalités, mais, pendant le dîner, sans que ça ait le moindre rapport avec la conversation, il a dit : "Je crois en l'existence d'un monde parallèle." Ma mère a halluciné ; il faut dire qu'elle est assez terre à terre et elle l'a fait répéter. Il a répondu tranquillement : « Oui, j'en suis parfaitement convaincu. » Je lui ai demandé de préciser mais il est resté silencieux. Il avait une drôle d'expression et au bout de quelques instants, mon père a ricané bêtement. Je me demande si on n'est pas tous en train de devenir fous.

Au dessert, mon père est revenu dessus. Il lui a dit : « Philippe, il faut qu'on parle. C'est quoi, cette histoire de monde parallèle ? C'est nouveau ? »

Là encore, il s'est tu, et s'est contenté de sourire d'un petit air énigmatique. Mes parents le fixaient ; lui, il souriait bêtement, et moi, je n'avais qu'une envie : disparaître.

Sérieusement, j'ai failli partir en douce. Aller prendre un bain, comme mon amie Jeanne l'autre soir. Passons.

J'aurais mieux fait, d'ailleurs. Parce que le pire était à venir.

Au moment de me dire au revoir, ma mère m'a dit : « Tu vois, si tu avais eu des frères et sœurs, je serais sûrement déjà grand-mère. » C'est tout. Elle m'a dit ça et elle est partie. Philippe n'a pas entendu, il était parti chercher la voiture pour les raccompagner.

Je me suis retrouvée seule dans le salon, au milieu des assiettes sales et des emballages cadeaux. J'ai pleuré, j'ai même sangloté.

De toute façon, tout le monde s'en fout. Personne ne voit rien. Mon mari devient mystique et ma mère ne pense qu'à une chose : sa propre culpabilité d'avoir avorté deux fois.

Le lendemain matin, on est sortis se promener dans un parc. On s'est assis sur un banc, et j'ai regardé deux petites filles en robes à smocks qui jouaient près de moi. Elles grelottaient.

J'ai l'impression que c'est un truc très « vieille France » de ne pas couvrir ses enfants. Tous les hivers, je croise des petites filles en jupe et socquettes, des garçons en bermudas, leurs parents marchent sereinement à leurs côtés et j'ai envie de leur demander : « Mais vous ne sentez pas qu'on gèle ? ! » Sûrement un genre de tradition, ils ont été éduqués à la dure, ils ont détesté ça mais trente ans plus tard, ils font pareil.

Philippe dit que les aristos ne sont pas frileux parce qu'ils n'ont plus de quoi chauffer leurs châteaux...

Je ne sais pas, on s'en fout.

Après, on était invités à déjeuner, j'étais triste, mais j'ai bien réussi à le cacher. Personne n'a rien vu.

Personne ne voit rien.

J'étais assise là, à faire gentiment la conversation aux autres invités, et j'ai réalisé que je n'y crois plus. C'est trop tard.

Mais non, ça n'a rien à voir avec mon âge, je sais que j'ai encore le temps, ce n'est pas physique, c'est moral ! Remarquez, c'est aussi physique : je suis épuisée.

Le soir, en rentrant, j'ai dit à Philippe que, s'il voulait vraiment avoir des enfants, il valait mieux qu'il en fasse avec une autre femme.

Il m'a assuré qu'il voulait en avoir avec moi et personne d'autre, et moi je criais : « Mais on n'en aura jamais ! Ça ne marchera pas, tu comprends ? » Il m'a écoutée et il a juste répondu : « Alors, on n'en aura pas. »

Je me suis calmée tout net, j'ai senti ma colère retomber comme un soufflé.

Le soir, dans mon lit, j'ai essayé de nous imaginer à cinquante ans, et puis plus vieux, sans enfants. Je n'ai pas réussi. Curieusement, quand je me projette sans enfants, je me dis que je mourrai seule, Philippe ne fait pas partie du tableau. C'est une famille ensemble ou rien.

Comment ça, il ne faut pas renoncer ? C'est facile à dire, vous ne vous rendez pas compte...

Alors quoi ? Continuer les traitements sans y croire ?

Si je ne suis pas enceinte l'année prochaine, je ne ferai même pas de sapin.

Chapitre 46

Les fleurs d'une orchidée fanée jonchent le sol. Seule, sans faire le moindre bruit, Jeanne les ramasse soigneusement, une à une.

Victor doit se douter de quelque chose, c'est certain. Et Natacha qui compte sur moi pour lui parler de mes vacances. Qu'est-ce que je peux lui dire ?

Aucune envie de lui raconter que mon souvenir de ces vacances, c'est le dos de Victor. Victor qui marchait en permanence seul devant nous, à vingt mètres au moins. Parfois il marchait derrière, aussi. Mais jamais à côté de moi.

Il m'en a voulu d'avoir choisi cette destination.

Il faut dire que je n'ai pas réfléchi. À moins que j'aie été cruelle inconsciemment ?

Non, j'ai juste oublié que mon mari a le vertige. Alors, forcément, les Baux-de-Provence et les villages du Lubéron, c'était une mauvaise idée. Dès la première journée, il était malade. Puis il s'est foulé la cheville, et il n'a plus voulu sortir de la chambre d'hôtel.

Qu'est-ce que c'était beau, pourtant… Et cette bastide, si paisible, si discrète. Si parfaitement coupée du monde... Je regardais tout ça et je me suis dit que ça devrait être tellement bien d'être ici avec un homme qu'on aime.

Ça fait très mal de penser ça.

Je n'ai pas arrêté de penser à Jeff. D'une certaine manière, c'est comme s'il avait été là. Heureusement qu'il est aux États-Unis, sinon, j'aurais craqué, je l'aurais appelé.

Qu'est-ce qui va se passer à son retour ?

Raconter mes vacances...

Je me souviens de Charlotte, qui, en surprenant une dispute, nous a dit : « Je vous trouve très énervés, je pense qu'il faudrait vous calmer et aller dîner tranquillement. » Victor a répondu : « Mais moi, je suis très calme, c'est maman qui est énervée. » Dire qu'il n'est même pas capable d'être au niveau de sa fille. Ça aussi, ça fait mal.

La prochaine fois, on partira en croisière. Non, il a le mal de mer. Et puis j'ai toujours rêvé de crier : « Un homme à la mer ! » Qui sait si, dans un moment d'exaspération, je ne le balancerai pas par-dessus bord, juste histoire d'assouvir mon désir ?

Raconter mes vacances... Un soir, il s'est chargé de remplir les assiettes des enfants au buffet du restaurant. Il n'a rapporté que des choses dont ils ont horreur. Eux non plus, il ne les connaît pas. Impression familière. Et encore plus désolante.

Peut-être que je prends trop de place auprès des enfants ? Mais une place, c'est comme le pouvoir : si on l'offre à quelqu'un qui n'en veut pas, on est bien obligé de la prendre soi-même.

Ce n'est tout de même pas ma faute s'il est souvent absent. Et quand il est là, il est ailleurs... Est-ce que c'est à cause de moi ? Ce n'est pas vrai que je fais tout le temps la gueule, seulement quand je lui en veux.

Le problème, c'est que je lui en veux souvent.

Et maintenant qu'on est rentrés, ça va recommencer comme avant.

Les semaines qui se ressemblent, les week-ends qui donnent envie de mourir d'ennui.

Et ça, je ne pourrai plus.

C'est peut-être juste une question d'ambition.

Mon ambition qui se réveille et me dit : « Au moins une chose : ne plus jamais se lever en détestant par avance toute sa journée. »

Avoir un mari aussi attentif à notre relation qu'il l'est à assortir ses chaussettes à sa cravate.

Est-ce que je peux aspirer à autre chose ? Je serais prête à me contenter de seulement un tout petit mieux.

Évaluer la ligne qui sépare l'attente légitime de la prétention démesurée...

— Jeanne ?...

Natacha pénètre dans le salon.

— La porte était ouverte...

— C'est possible, je ne ferme plus derrière Victor.

— Comment ?

— Rien, laisse tomber.

— Où sont les enfants ?

— Chez ma mère. Je lui ai dit que je rentrerais vers 7 heures.

— Tu vas me raconter vos vacances... C'est vraiment gentil de venir nous aider, c'est notre première commande d'État, il faut qu'on assure !

Jeanne éclate de rire.

— Un pot de Noël pour le personnel de la mairie de Bondy ! C'est ça que tu appelles une commande d'État ?

— Et pourquoi pas ? C'est une administration

officielle, non ? Ensuite, de mairie en mairie, on peut finir à Paris, et alors, qui sait ? Je me verrais bien fournisseur officiel de l'Élysée ! conclut-elle gaiement.

— Avec un enthousiasme pareil, tu le mériterais bien...

— Allez, on y va, Lola est déjà sur place.

Quelques heures plus tard, la fête bat son plein dans la salle des mariages de la mairie de Bondy. Les trois jeunes femmes ont dressé un beau buffet d'apéritifs, et s'activent pour servir les boissons. La nuit vient de tomber, le mousseux coule à flots, et les employés sont bien décidés à s'amuser.

Natacha s'absente le temps d'aller chercher des bouteilles supplémentaires. Quand elle revient, Lola lui fait de grands signes pour lui désigner Jeanne, de l'autre côté de la salle.

Médusée, Natacha découvre son amie en train de danser avec un petit groupe de gens. L'un d'entre eux décide de faire la chenille et c'est le départ d'un slalom effréné parmi les chaises. Au milieu du cortège, Jeanne se trémousse et rit aux éclats.

— Je n'imaginais pas que c'était une telle déconneuse... dit Lola en rejoignant Natacha.

— ... Moi non plus... Enfin, elle peut l'être, mais je ne l'ai jamais vue comme ça avec des inconnus !

Natacha et Lola restent debout à observer la scène, hypnotisées.

— Allez, dit Lola au bout d'un moment, au boulot...

— Dis donc, coupe Natacha, j'ai laissé mes affaires au vestiaire, tu as ton téléphone à portée de main ?

En guise de réponse, Lola sourit et s'éloigne. Elle revient aussitôt en brandissant son appareil.

Natacha se jette dessus et fait quelques photos de

Jeanne, toujours occupée à sautiller avec ses nouveaux amis.

La lumière du flash attire son attention et elle surprend le geste de Natacha, mais continue à s'amuser sans s'en soucier.

Une demi-heure plus tard, Jeanne vient se servir un grand verre d'eau et se laisse tomber sur une chaise près de Natacha. Elle est en nage et reprend son souffle, puis elle allume une cigarette.

— Si on m'avait dit que tu t'amuserais autant ! lui dit Natacha.

— Je sais, tu as bien fait d'immortaliser le moment.

— Tu dis ça pour les photos ? Ne m'en veux pas, je n'ai pas pu résister, je te promets de ne les montrer à personne.

— Tu peux les montrer à qui tu veux, je m'en fiche, ce n'était pas un reproche. Au contraire, envoie-les moi, je suis contente qu'il y ait une preuve.

— Une preuve ?

— Je me suis amusée comme jamais avec des gens que je n'avais jamais vus de ma vie. Ici, à la mairie de Bondy ! Je viens d'être incroyablement heureuse pendant quelques heures. Je veux pouvoir m'en souvenir.

Chapitre 47

Violette et Élise attendent l'ascenseur ; les portes s'ouvrent et libèrent le pianiste. Ils se saluent tandis qu'il sort de la cabine et leur laisse sa place. À la dernière seconde, Violette retient la porte, et lui dit :

— On m'a volé mon autoradio. C'est la troisième fois, et mon mari a dit qu'on ne le remplacerait pas puisque, de toute façon, on ne s'en servait jamais. Mais c'est faux, je l'éteins quand on est ensemble, mais je m'en sers toujours quand je suis seule. J'ai toujours eu besoin d'être seule pour écouter de la musique. C'est une activité que je trouve tellement intense que j'ai du mal à la partager.

Elle parle vite comme s'il y avait urgence ; son discours n'est pas prémédité mais face à lui, c'est soudain essentiel qu'elle s'exprime, comme si lui seul pouvait la comprendre. Il lui sourit doucement et répond :

— Vous rachèterez un autoradio, n'est-ce pas ?

Joyeusement, elle fait oui de la tête. La porte se referme.

*
* *

Un numéro inconnu s'affiche sur le téléphone de Violette alors qu'elles entrent dans l'appartement.

— Allô ?

— Bonjour, c'est madame Héry, la maman de Camille.

— Bonjour !

— J'aimerais inviter Élise à venir passer le week-end prochain avec nous à la campagne. C'est possible ?

Des images d'enfants maltraités se bousculent instantanément dans la tête de Violette.

— C'est très gentil, mais je ne sais pas, elle est encore très petite...

— Allez, dis oui, maman ! s'exclame Élise, qui semble pleinement informée de la teneur du coup de fil.

— En fait, Élise m'a dit qu'elle vous en avait parlé et que vous étiez d'accord...

— Ah non, je n'étais pas du tout au courant.

— Oh ! vous savez, c'est juste deux jours.

— Oui, un week-end.

— La maison n'est qu'à quatre-vingts kilomètres, ce n'est vraiment pas loin. Et ça ferait tellement plaisir à nos filles !

— Écoutez, voilà ce qu'on va faire : j'en parle à mon mari ce soir et je vous rappelle.

Violette raccroche et toise Élise.

— Tu exagères !

— Non, je suis pas xagère !

— Si ! Tu as menti, et c'est très mal !

Élise comprend qu'il ne faut pas insister et elle reste debout dans le salon, ne sachant que faire.

Violette va chercher sa liste intitulée « À faire avec Élise ». En dessous de : L'emmener voir les vitrines de Noël, elle ajoute : Lui lire *Sans famille*, d'Hector Malot.

Puis elle se tourne vers sa fille.

— Je dois retourner travailler, j'ai appelé Quentin, il arrive.

— Je peux regarder un film en attendant ?

— Si tu veux.

— Alors *Cendrillon*... Maman, il s'appelle comment, le prince charmant ?

— Il n'a pas de nom.

— C'est triste.

— Mais non.

— Je comprends pas : Blanche-Neige, c'est Blanche-Neige. Elle a son prince charmant qui ne s'appelle pas. Et là, dans Cendrillon, il y a encore un prince charmant, c'est pas le même que dans Blanche-Neige, mais il n'a toujours pas de nom !

— Il n'a pas besoin d'avoir un nom, il a une fonction.

— C'est quoi, une fonction ?

— Et si je te mettais *Dumbo* ?

Arrive Quentin, méconnaissable avec les cheveux teints en noir.

— C'est fou ce que ça te change ! s'exclame Violette.

— Je me suis fait ça hier soir, histoire de me faire une nouvelle tête pour tourner la page. Tu aimes ?

— C'est pas mal... Mais je crois que je préfère ta couleur naturelle.

— Oh ! je vais y revenir ! Pas trop d'extravagance, tu me connais...

— C'est quand, le grand départ ?

— Samedi. J'étais tellement excité que ça m'a rendu anxieux et j'ai failli tout annuler.

— Mais pourquoi ?

— J'ai tellement rêvé de ce voyage, de ce que j'allais trouver là-bas... C'est terrifiant de toucher enfin au but. Enfin, j'ai appelé ma grand-mère qui m'a calmé.

— Tes bagages sont prêts ?

— Presque, j'ai juste quelques courses à faire, mais l'essentiel est fait. J'ai même été chercher un extrait de casier judiciaire.

— Pour quoi faire ?

— J'en aurai besoin si je m'installe là-bas. Je vais te le montrer, tu verras : il est vierge.

— Je m'en doute !

— Oui mais j'insiste, ça me fait plaisir... Il s'est passé quelque chose ? Tu as l'air contrariée.

— ... Je m'inquiète pour Élise. Je trouve qu'elle grandit trop vite.

— Tu sais, c'est la nouvelle génération, je vois ça avec mes neveux, c'est terrible !

— Toi aussi, tu trouves ça angoissant ?

— Non, je trouve ça génial. Prends mon exemple : j'ai eu tellement de mal à grandir que je suis encore dans l'enfance. Et quand je regarde le monde qui m'entoure, je me rends bien compte que je ne suis pas assez armé pour y avoir ma place. Élise... elle a déjà la sienne.

Chapitre 48

Philippe et Natacha entrent dans l'hypermarché d'un pas décidé. Ils y ont leurs habitudes puisque c'est là qu'ils font leurs courses lorsqu'ils passent le week-end dans leur maison de campagne, située près de Laigle. Des week-ends qui se font rares depuis le lancement de l'activité de Natacha.

Victor et Jeanne leur emboîtent le pas, sans leurs enfants qui passent la fin de la semaine chez leurs grands-parents, mais accompagnés de Jean-Louis. Victor l'a convaincu de venir après un dialogue de sourds lui ayant permis de découvrir le mail envoyé par Jeanne en son nom. Furieux, il lui a imposé sa présence et elle a dû céder, non sans avoir interdit la moindre tentative de rapprochement, voire de fécondation sauvage de son amie.

C'est devenu une tradition : le réveillon du 31 à la campagne chez Philippe et Natacha, ainsi que les courses en commun qui précèdent les festivités.

Comme à l'accoutumée, Philippe a pour unique tâche le choix de quelques camemberts. Il les sort un à un de leur boîte, les tâte, les hume ; une activité qu'il prend tellement à cœur qu'elle laisse aux autres le temps de remplir deux grands chariots.

Cette fois, sa sélection est interrompue par l'arrivée intempestive d'un responsable qui se jette sur lui en criant à ses collègues :

— Ça y est, on le tient !

Il se trouve que tous les employés sont à la recherche d'un détraqué qui vient régulièrement mordre dans un camembert avant de le remettre à sa place. Chaque jour, les clients qui ont acheté le camembert entamé viennent le rapporter en se plaignant, et cela fait plusieurs semaines que toute l'équipe en charge des produits laitiers est obsédée par la traque du coupable.

Après un certain désordre, accru par les protestations outrées de l'accusé et de ses amis, Philippe est relâché faute de preuves.

Les courses sont complétées par un arrêt au bureau de tabac : il y a une cagnotte Spécial Réveillon pour le Loto et Victor ne veut pas la manquer.

Quelques heures plus tard, la maison est pleine de vie et commence à se réchauffer. Victor s'active devant le feu de cheminée tandis que Philippe fait visiter les lieux à Jean-Louis.

— Il y a une télé dans chaque pièce ! s'étonne celui-ci.

— Elles sont toutes à ma mère, explique Philippe. À chaque fois que sa télécommande cesse de fonctionner parce que les piles sont usées, elle commande une télé neuve...

Natacha lève les yeux au ciel en regardant Jeanne d'un air entendu.

Le crissement des pneus sur les graviers annonce l'arrivée de Violette, Gilles et Élise, que tout le monde vient accueillir.

— Hémorroïde s'est incrustée, elle dépose ses enfants

chez leur père et elle arrive avec son mari, se désole Natacha en embrassant Violette.

— Ne t'inquiète pas, on est là.

— Philippe dit que ça va déjà mal avec son dernier mari, j'ai peur qu'elle ne soit pire que d'habitude...

Un peu plus tard, Élise vient s'asseoir près de Jean-Louis et l'observe avec curiosité. Il est plongé dans le journal télévisé et lui sourit après lui avoir jeté un rapide coup d'œil signifiant qu'il n'a aucune envie d'être dérangé. Violette propose à Élise de venir aider les autres à la cuisine, mais celle-ci répond qu'elle préfère rester près de la cheminée. Sa mère la met en garde :

— D'accord, mais n'embête pas Jean-Louis !

Quand elle vient vérifier que tout se passe bien, la télé est éteinte et ils sont en grande conversation. Jean-Louis s'exclame :

— Mais non, je ne suis pas la Princesse, je suis le Prince ! La Princesse, c'est toi !

Élise rit et le contredit, puis elle ajoute :

— Tu es très jolie, j'adore tes boucles d'oreilles !

En un quart d'heure, ils semblent être devenus les meilleurs amis du monde, et Violette n'a plus qu'à repartir sans les déranger.

Chapitre 49

C'est indéniable, les relations sont particulièrement tendues entre Hémorroïde et Max, son mari, et l'ensemble des convives fait le maximum pour ignorer l'orage qui pointe tout au long du dîner.

Une fois que le dessert est servi, chacun porte un toast et Philippe se lève.

— Pour ceux qui viennent pour la première fois, sachez qu'on a l'habitude de faire un bilan de l'année, et d'exprimer nos vœux... Mon souhait, et celui de Natacha, tout le monde le connaît. Mais, qu'on y arrive ou pas, j'espère qu'on tiendra le coup. Parce que dans les "moins", il faut avouer qu'on a connu des moments difficiles cette année.

— C'est vrai, enchaîne Natacha, on est soumis à toutes sortes de pressions et...

— Ça y est, j'ai fait mon vœu ! l'interrompt Hémorroïde.

— Ton émission de télé ? demande son mari.

— Non, me faire prendre en levrette par un jeune éphèbe avant la fin de l'année prochaine !

— ... Tu te fous de ma gueule ?

— Ne t'inquiète pas, tu sais comment ça marche :

un vœu, ça doit rester secret, sinon ça ne fonctionne pas. Cela dit, j'en ai d'autres en réserve.

Les invités plongent le nez dans leur assiette, Jean-Louis glisse discrètement à Victor :

— Elle aussi, elle a pété un boulon. *She has broken a* boulon.

Max lève son verre.

— Je pense que si je vous dis quel est mon souhait en ce moment précis, l'un de vous va prévenir la police. Je vais donc m'abstenir et boire à une meilleure année, tout simplement.

Gilles prend le relais.

— Ce n'est un secret pour personne, j'ai un vœu unique et c'est le même que l'année dernière. Il est professionnel et à long terme : dans quelques années, lorsque l'actuel directeur de recherche finira son mandat, j'aimerais le remplacer.

— Et toi, demande Natacha à Violette, tu ne voudrais pas avoir le poste ?

— Non. J'aimerais juste continuer à trouver les mêmes satisfactions dans mon travail : les trouvailles, les rencontres lors des congrès, continuer à apprendre constamment... Et j'aimerais être une bonne mère... C'est plus difficile que prévu, en fait. Et puis aussi : être un peu plus moi. Je me comprends.

Elle se tourne vers Jean-Louis, son voisin.

— À toi.

— Euh... Je n'ai pas trop l'habitude des thérapies de groupe... J'ai souvent parlé de mes problèmes conjugaux ces derniers temps, mais quand même... Enfin, disons que j'aimerais bien rencontrer une jolie femme avec qui faire un bout de chemin. Une fille simple, pour une histoire simple. Juste une gentille fille. Plus jeune, si possible ...

— Tu sais, rétorque Gilles, on croit que c'est

sympa d'épouser une fille jeune, mais ça implique quantité d'efforts, ne serait-ce que si le cordon n'est pas encore coupé avec papa et maman. Par exemple, je me souviens que pour Victor, ça a été vraiment pénible de se retrouver à son âge en voyage de noces chez ses beaux-parents. Avec la mère de Jeanne qui entrait dans la cuisine le matin et lui disait en guise de bonjour : « Faites attention aux miettes par terre, ça attire les fourmis ! »

Jeanne fusille son mari du regard, il ignore les propos de son ami et enchaîne.

— Cette année, chez nous aussi il y a eu des moments compliqués. Pour Jeanne, plus de bas que de hauts... Donc, pour moi aussi. Mais ça ira. Je crois...

Il se tourne vers sa femme.

— Enfin, question sexe, ça a été nul. Alors, pour l'année prochaine, j'aimerais qu'on y remédie. Quitte à s'acheter des bouquins, n'est-ce pas, chérie ?

Les convives contemplent leur assiette vide le temps que Jeanne accuse le coup.

— On est mariés depuis dix ans, rappelle-t-elle à l'assistance, alors, bien sûr, la routine s'est installée...

Un long silence. Puis elle enchaîne, dans un souffle :

— J'ai eu ma première vraie tentation d'adultère, et j'ai cédé... Je ne sais pas ce qui va se passer.

Jeanne se tourne vers son mari, tous les regards convergent vers lui mais il ne réagit pas, il est bien trop occupé à digérer la nouvelle que sa femme vient de lui apprendre publiquement.

Le silence s'installe.

Hémorroïde joue avec son verre ; la plupart des convives s'étonnent tout bas de son mutisme inhabituel.

— À quoi penses-tu ? Toujours à tes futurs ébats ? finit par lui demander son mari.

— Non, à rien, je laissais mon esprit vagabonder.

— Tu prends des risques, il est bien trop petit pour être laissé tout seul.

Puis il lui tourne le dos, et entreprend de fixer un bouchon de champagne métallique sur une bouteille entamée, afin que celle-ci conserve ses bulles. Tout est bon pour faire diversion et chacun des convives se passe la bouteille et essaye à son tour jusqu'à ce qu'Hémorroïde casse le bouchon en forçant.

— Et voilà, il est bon à jeter, conclut Max.

— Déconne pas, regarde la boîte : « Doré à l'or fin » ! Donne-le à ta mère, elle le passera à son bijoutier pour qu'il lui fasse une dent avec.

Philippe se lève d'un bond et se tourne vers sa sœur.

— Hémo... Adélaïde, tu me fais chier ! J'en ai plein le cul de tes réflexions de merde. Alors, maintenant, tu te tiens bien ou tu dégages !

Elle sursaute, cherche une réponse, puis quitte la pièce sans un mot, visiblement décontenancée par le sursaut peu coutumier de son frère.

— Merci, vieux..., dit son mari à Philippe.

— Toi, ta gueule !

Max sursaute et sort dans le jardin. Silence. D'un seul mouvement, les autres se lèvent et commencent à débarrasser. Chacun semble totalement absorbé par la constitution de piles d'assiettes et de plateaux chargés de verres. Victor et Jeanne réussissent à faire plusieurs allers-retours entre la cuisine et le salon sans se croiser.

Jean-Louis est le premier à annoncer qu'il va se coucher. Il remercie Natacha avec une courtoisie particulière, tout en jetant un petit coup d'œil inquiet à Victor, puis il disparaît dans l'escalier.

Les couples traînent dans le salon ; tout le monde est hébété par l'excès de nourriture et d'alcool, et personne n'est pressé de poursuivre les discussions effleurées à table dans l'intimité de sa chambre. En réalité, tous souhaiteraient être ailleurs.

Cela fait longtemps qu'Élise s'est endormie sur le canapé. Le lecteur DVD est bloqué sur la page Menu et, machinalement, tout le monde vient s'asseoir devant l'image fixe de la télévision.

— Ça vous dit de regarder un film ? demande Philippe.

— Moi, oui, répond Jeanne, mais on n'a pris que des Disney pour les enfants...

— Ça me va, répond Violette, mais je ne suis pas en état de voir *Dumbo* ou *Bambi*, je pleure à chaque fois.

— Pareil, dit Jeanne.

— ... Nous, on a apporté *Merlin l'Enchanteur*, dit Gilles.

— Banco ! dit Victor.

Croyant à une plaisanterie, Philippe attend une autre suggestion, puis, voyant que les autres sont sérieux, il installe le DVD. Il jette un coup d'œil à Natacha et, la voyant sereine, il s'assied près d'elle, passe son bras autour de ses épaules, et laisse la magie opérer.

Derrière eux, le sapin clignote inexorablement.

Chapitre 50

Il est à peine 8 heures quand Natacha entre dans la cuisine. Elle est surprise d'y trouver Jeanne, assise devant un bol de café.

— Déjà levée ? s'étonne-t-elle.

— Je n'ai pas fermé l'œil de la nuit, répond Jeanne.

— Et Victor ?

— Pareil... On a essayé de parler, on n'a pas réussi, j'ai préféré descendre. Je pense qu'il a fini par s'endormir.

Natacha hoche la tête et commence à dresser la table du petit déjeuner. Violette entre à son tour, dépose un baiser sur la joue de ses amies et vient s'asseoir à côté de Jeanne.

— Tu m'en veux ? demande Jeanne à Natacha. Je n'aurais jamais dû annoncer la nouvelle à Victor ici, à table. C'est dégueulasse, et ça a plombé le dîner.

— Mais non, je ne t'en veux pas, répond Natacha avec légèreté. D'abord, tu as réussi à faire plus fort qu'Hémorroïde, et ça, c'est un exploit ! Ensuite... je n'ai rien à dire. Ce que tu vis est bien plus important que l'ambiance d'une fin de soirée.

— C'est vrai ?

Jeanne pousse un soupir de soulagement. Elle se tourne vers Violette.

— Je voulais te dire, j'ai réfléchi : je ne crois pas que je vais aller au stage de feng-shui qu'organise ta sœur. Ce n'est pas bien, je le lui avais promis, mais je crois que, si je pars en week-end, il vaudra mieux que je m'isole un peu. J'ai réalisé que je n'avais jamais été seule de toute ma vie, il serait grand temps, non ?... Tu crois que Maud m'en voudra ?

— Non, bien sûr, répond Violette, elle comprendra. Tu sais, moi aussi, j'aimerais bien annuler, j'ai besoin d'argent pour prendre des cours de piano...

— Alors, vas-y, intervient Natacha. Moi, je vais le faire, son stage.

— Ah bon ? s'étonne Violette. Parce que tu n'avais pas l'air emballée quand on en a parlé. Et puis tu es tellement débordée...

— Justement, c'est peut-être ça le problème. Il faut que j'arrive à me poser, à sortir du tourbillon que je me suis infligé. Je ne sais pas si le feng-shui pourra m'aider, ça ou un autre truc au nom imprononçable ; en tout cas, il faut que j'essaie. Il faut que je trouve quelque chose pour m'aider parce que, pour l'instant, je ne m'en sors pas. Et je n'ai plus la force d'être toujours un bon petit soldat.

— Tu as raison, renchérit Jeanne. Et puis franchement, on s'est souvent moquées de Maud, de ses goûts et de ses petites manies, mais il m'arrive de me demander si elle ne s'en sort pas mieux que nous...

Violette acquiesce.

Chapitre 51

Violette est debout dans sa salle de bains, en train de se coiffer. Gilles entre et s'assied sur le rebord de la baignoire.

Dans quelques heures a lieu le dîner qui clôture le congrès « Groupe d'hémostase et thrombose » qui se déroule depuis deux jours. Un dîner dansant et convivial, réunissant les trois cents personnes qui travaillent sur le sujet à l'échelon national.

Gilles soupire.

— J'ai continué à bosser sur les MAP kinases après ton départ, je n'ai rien obtenu avec la P 42.

— J'ai bien réfléchi, répond Violette. Je crois qu'il faudrait voir quel est le rôle de la P 38.

— La P 38 ? Mais bien sûr ! Je n'y avais pas du tout pensé. Tu as sûrement raison... Comme toujours.

Violette continue de se coiffer d'un air songeur.

— C'est l'adhésion des plaquettes qui te tracasse ? lui demande son mari.

— Non, je pensais à Quentin. Tu sais qu'il est à Miami.

— Et alors ? Ma mère s'occupera d'Élise comme convenu. Mais c'est vrai que pour ce soir, ça tombe mal.

— De quoi tu parles ? Elle est chez sa copine !

— Je parle du congrès ; il t'aurait fait un brushing.

— Tu crois que je disais ça en pensant à mes cheveux ?

— Alors quoi ?

— Je pense à lui. À ses rêves. J'espère que ça se passe bien pour lui. Il me manque. J'aime bien bavarder avec lui.

— Ah bon ? Vous parlez de quoi ? demande Gilles, étonné.

— De tout et de rien. Peu importe. Tu ne peux pas savoir comme sa présence me fait du bien. Elle me réconforte. Je ne sais même pas pourquoi.

Gilles lui prend la brosse des mains.

— Laisse-moi essayer, je l'ai déjà vu faire, ça n'a pas l'air sorcier.

— Tu es sûr ? Mais pourquoi ?

— Comme ça, pour que tu te détendes. Assieds-toi.

Violette s'abandonne aux mains de son mari et pense encore à Quentin. Pourvu qu'il n'aille pas vivre à Miami. L'idée qu'il soit loin la rend infiniment triste. Peut-être parce qu'il est le seul adulte innocent qu'elle connaisse.

— Comment tu trouves ?

Elle se regarde dans le miroir et constate l'étendue du désastre. Ses cheveux sont à la fois écrasés et électriques, sa frange se dresse au-dessus de sa tête tandis que le reste est désespérément plat.

— C'est une catastrophe.

— C'est bien ce que je me disais. Mais bon, ça ira, ce n'est pas comme si les gens venaient pour admirer ton brushing...

Elle se retourne, révoltée.

— Ma fille est chez les Thénardier et tu oses être désagréable ?

— Comment ça ? Si les parents sont du genre Thénardier, il ne fallait pas la laisser y aller !

— Non, ils sont gentils. Je suis stressée parce que je n'aime pas qu'elle fasse de la route avec quelqu'un d'autre que nous. Ils ont une Mercedes, en plus.

— Et alors ?

— Mon père disait que c'est une voiture de bouchers qui ont réussi. Ça m'a laissé un a priori.

— Qu'est-ce que tu racontes ? En plus, si ma mémoire est bonne, il en avait une quand je t'ai rencontrée...

— Oui, c'est vrai. Enfin, il n'est pas à une contradiction près. D'ailleurs, tu connais sa devise, « Seuls les imbéciles ne changent pas d'avis. » Ça lui permet de proclamer n'importe quoi quand ça l'arrange...

Elle s'interrompt pour aller répondre au téléphone.

— Allô ?

— Maman ?

— Mon amour ! Justement, on parlait de toi avec papa, tu vas bien ?

— On a acheté des chewing-gums, mais là, j'ai enlevé celui que j'avais dans la bouche pour que tu t'en rendes pas compte...

— Ce n'est pas grave, ma chérie.

— Non, je sais, c'est pas grave, je vais le remettre dans ma bouche quand on aura raccroché.

— Comment ça se passe ?

— Très bien, on a été à la ferme chercher des œufs et du fromage, il y avait des lapins partout, j'aimerais bien en rapporter un à la maison...

— Il n'en est pas question, il serait très malheureux à Par...

— Alors, un chien !

— Je regrette, ce n'est pas possible, mon cœur.

— Je préfère que tu m'appelles « ma fleur ». Pourquoi t'aimes pas les chiens ?

— J'aime beauc...

— Bon, à demain, bisous !

Pas le temps de répondre, elle a déjà raccroché.

Violette reste un instant interloquée, puis elle repose lentement son téléphone. Elle reste immobile quelques secondes, hésitant à la rappeler. Ça ne sert à rien, son moment est passé, elle le sait bien. Ce court échange a rendu le manque encore plus vif et elle tente de le contrôler en balayant du regard les étagères rassurantes avec leurs dossiers classés par ordre alphabétique.

Gilles l'observe en souriant tendrement. Sans un mot, il s'approche d'elle, la prend dans ses bras et la serre doucement contre lui. Elle ferme les yeux.

Chapitre 52

Victor, Gilles et Philippe finissent leur jogging dans le bois de Boulogne. Alors qu'ils ralentissent le pas, Victor désigne un banc sur lequel ils s'asseyent le temps de reprendre leur souffle.

— Alors, où en es-tu avec Jeanne ? demande Philippe.

— On essaie de recoller les morceaux ; j'aimerais que ça s'arrange. Elle est partie quelques jours, seule, soi-disant pour prendre du recul, réfléchir.

— Et l'autre type ? demande Gilles.

— Elle me dit que ce n'est pas lui, le problème, c'est nous.

— Qu'est-ce qu'elle te reproche au juste ?

— Plein de choses : de la négliger, de ne pas être assez présent auprès des enfants... Ce n'est pourtant pas ma faute si je travaille beaucoup ! En plus, c'était déjà le cas quand on s'est rencontrés, elle savait que ça ne changerait pas... Elle a aussi une théorie absurde, selon laquelle j'ai peur de perdre une part de ma virilité en m'impliquant davantage à la maison ! Elle a dû lire ça dans un magazine... Je trouve ça con... et injuste.

— Tu le lui as dit ?

— Oui, mais elle me cite toujours des exemples de

pères qui travaillent tout en tenant d'après elle un rôle essentiel dans l'éducation de leurs enfants ! Et elle me dévalorise en nous comparant. Le pire, c'est qu'en fait, je crois que ça l'arrange.

— Comment ça ? demande Philippe.

— Parce que, du coup, elle empiète sur ma place. Parfois, j'ai même l'impression de ne pas être considéré comme un interlocuteur à part entière. C'est elle qui prend toutes les décisions concernant les enfants, sans même me consulter. Quand on n'est pas d'accord, elle ne lâche rien, quitte à bafouer mon autorité devant eux, ça me rend dingue !

— Fais quelques efforts, et ça s'arrangera.

— Je ne sais pas. De toute façon, quoi que je fasse, ce n'est jamais assez bien pour elle.

— Si elle réfléchit, elle va réaliser tout ce qu'elle perd si elle te quitte, et elle reviendra, c'est certain ! dit Gilles.

— Tu peux te permettre d'être optimiste. Toi et Violette, vous êtes un couple fusionnel ! Vous travaillez ensemble, vous vivez ensemble, il n'y a jamais de vagues !

— Parce qu'on fait des efforts ! Et puis, jamais de vagues, c'est facile à dire... Quand on se dispute le matin et qu'on se retrouve une demi-heure plus tard au labo, à faire comme si de rien n'était, c'est très chiant ! C'est vrai que ça arrive rarement, mais il y a d'autres soucis, plus enfouis. Parfois, je sens que Violette est complètement ailleurs, que je n'ai aucune prise sur elle, et ça m'angoisse... Je ne sais pas ce qui se passe dans sa tête, et je ne le lui demande pas. Je l'ai fait une fois, et elle m'a répondu que je ne comprendrais pas, avec une telle certitude que j'ai laissé tomber.

— Je vois très bien la scène ! s'exclame Philippe. Le regard qui dit : « Tu ne comprends jamais rien, je ne vais pas me fatiguer à essayer de t'expliquer des choses qui te dépassent complètement... »

— Toi aussi, tu y as droit ? demande Victor en riant. Ça me rassure...

— Mais bien sûr ! Tu ne peux pas savoir combien cette histoire d'enfant nous a éloignés. Je vois Natacha subir les traitements, je sens combien ça l'atteint et j'aimerais bien pouvoir l'aider, mais je ne sais pas comment.

— Elle ne se rend pas compte ! s'exclame Victor. Déjà, un homme a besoin de tenir son bébé dans ses bras pour se sentir père. Comment pourrait-il ressentir ce qui passe dans la tête d'une femme, les hormones qui montent et dégringolent ?...

— Elle me répète souvent que c'est elle qui souffre dans son corps et dans sa chair ; comme si je l'ignorais ! Mais moi, je n'y suis pour rien... Alors j'essaie de lui changer les idées ; parfois, je me creuse la tête pour lui parler d'autre chose et tenter de la distraire, mais je crois qu'elle prend ça pour de l'indifférence. Et elle oublie que moi aussi, je suis malheureux. Alors elle m'agresse, et ça finit en disputes.

— Tu crois que vous arriverez à surmonter tout ça ? lui demande Gilles.

— Je l'espère. Parce que, moi, ce n'est pas vivre sans enfants qui me fait peur, c'est vivre sans elle.

— Tu devrais le lui dire, suggère Victor. Inutile d'attendre qu'elle aille voir ailleurs comme Jeanne pour lui dire combien tu tiens à elle.

— Et toi, alors, qu'est-ce que tu attends pour parler à Jeanne ?

— Pour l'instant, je la laisse souffler, comme elle me l'a demandé... Ensuite, si elle est réceptive, je lui dirai plein de choses. Notamment que depuis qu'elle est partie, je n'ai pas l'impression de valoir grand-chose. J'ai plein de beaux discours prêts dans ma tête. Mais je sais déjà que si elle m'accueille avec son visage fermé, je serai incapable d'y arriver. Et je ne me battrai pas.

— Tu la laisserais partir ?

— Oui... Pourtant, je l'aime. J'ai toujours cru bien faire et j'étais sûr qu'elle était heureuse. Mais j'en ai marre de ses reproches et encore plus de sentir que, quoi que je fasse, je ne serai jamais à la hauteur.

— Jamais à la hauteur... Je connais ça, murmure Gilles pensivement.

Victor se relève d'un bond.

— Mais laisse-moi te dire une bonne chose : Jeanne ne trouvera pas mieux que moi ! Elle peut me quitter, mais elle retombera sur un homme à qui elle reprochera les mêmes choses qu'à moi. La seule différence, c'est qu'il ne sera pas le père de ses enfants, donc elle ne pourra même pas lui reprocher de les négliger...

— Et toi, tu trouveras mieux ?

— Non, c'est mon second mariage, je sais que je suis condamné à vivre les mêmes choses avec toutes les femmes. C'est pour ça que je n'ai jamais songé à quitter Jeanne ; elle est assez naïve et optimiste pour penser que ce sera mieux avec le prochain, mais moi, je sais bien que je ne ferais que reproduire la même situation.

Chapitre 53

Élise, ma fleur,

Je suis désolée d'avoir dit non pour le chien, mais je ne changerai pas d'avis.

J'aime beaucoup les chiens, je t'assure. Mais j'ai assez de responsabilités comme ça. Et puis mon père en avait un qu'il adorait, à tel point que Maud et moi trouvions qu'il le traitait mieux que nous. Depuis, j'aime toujours les chiens, mais de loin.

J'ai commencé à t'écrire ces lettres en pensant répondre aux questions que tu te poserais, mais, en me relisant, je comprends que je cherchais surtout des réponses à mes propres questions.

D'ailleurs, je passe plus de temps à m'excuser qu'à expliquer. Je ne sais pas si tu as besoin de toutes ces confidences, ces mises en garde, car tu ne me ressembles pas. Et parce que ces fantômes qui m'encombrent font partie de mon histoire, pas de la tienne.

En vérité, tu es toi, tout simplement, et c'est le plus beau cadeau que tu pouvais me faire.

Je me suis longtemps renfermée sur moi-même pour me convaincre que j'étais vraiment seule. Aujourd'hui, je n'ai plus besoin de ça. D'abord parce que vous êtes là, ton père et toi. Ensuite, parce que, j'ai beau me dire que c'est difficile d'être à la hauteur, il suffit que tu me serres très fort contre toi pour que je comprenne que je ne m'en sors pas trop mal.

Plus je vieillis, plus il me semble que la seule chose qui différencie vraiment les gens, c'est le fait d'avoir reçu assez d'amour durant leur enfance. Or, j'en ai eu des tonnes, assez pour être forte durant le reste de ma vie.

Et puis je crois que j'ai trouvé un moyen de dialoguer sereinement avec mon silence.

J'ai repris les cours de piano. Je n'avais jamais réalisé combien la musique me manquait.

Parfois, j'ai l'impression qu'il y a comme un désert en moi, et je crois qu'il faut que je le conjugue à la musique, sinon je vais m'ensabler et étouffer. Je sens que ça me permettra de retrouver mon monde, de m'y fondre, et d'oublier ce qu'on appelle la réalité.

Ce n'est pas une envie, c'est une nécessité.

Je croyais avoir tout oublié, mais mes doigts se souviennent.

Comme toi, j'ai pris des leçons quand j'étais petite, sans enthousiasme, sans avoir choisi.

Comme moi, tu traînes la patte pour faire tes gammes. Mais j'insisterai le temps qu'il faudra, le temps que tu en saches suffisamment pour t'y remettre si un jour tu le souhaites.

Le temps de trouver en toi ce que la vie ne te donnera pas. Ou ce qu'elle te reprendra.

Le temps de te retrouver.

Chapitre 54

Natacha est calée au fond du fauteuil bleu. Il lui est désormais assez familier pour qu'elle ne s'y sente plus perdue et y trouve instantanément une position confortable.

— Je vous souhaite une bonne année.

Moi, je vais un peu mieux que la dernière fois, on est partis dans notre maison de campagne pour le nouvel an, il y avait toutes mes amies et ça m'a fait du bien de passer quelques jours avec elles.

Il y avait Hémorroïde aussi, tellement occupée à être vache avec son mari qu'elle m'a fichu la paix. Et, pour la première fois, Philippe lui est rentré dedans ! Vous ne pouvez pas vous imaginer le bien que ça m'a fait.

En fait, le réveillon a été carrément... explosif pour tout le monde. Mais, pour moi, ça s'est plutôt bien passé : on a tous fait le bilan de notre année, et Philippe a dit qu'on avait eu une année difficile, en faisant allusion à notre couple. Ça va vous paraître idiot, mais je n'imaginais pas qu'il était si conscient de nos problèmes, je pensais qu'il refoulait tout, ou qu'il mettait toutes les tensions sur le compte de notre combat pour avoir un enfant. J'ai été vraiment soulagée en réalisant que lui aussi était lucide, et qu'il souhaitait vraiment qu'on se retrouve.

J'en ai profité pour lui parler de la psy que vous m'avez recommandée, et il a accepté de prendre un rendez-vous. Elle l'a reçu hier, et vous ne devinerez jamais ce qu'elle a fait : elle l'a hypnotisé ! Quand elle le lui a proposé, il a répondu : « Allez-y, de toute façon ça ne marchera pas sur moi. »

Résultat : il ne se souvient plus de rien, et elle lui a dit qu'elle n'avait jamais vu quelqu'un d'aussi réceptif de sa vie !

On verra bien.

J'en suis à la septième FIV, et j'ai appris à me faire les piqûres moi-même.

Cette fois-ci, le médecin a décidé de faire une culture prolongée : il a gardé les œufs en observation pendant cinq jours avant de les réimplanter.

Pendant toute cette période, Philippe a été plus doux que d'habitude, il n'a pas réagi quand je m'énervais, il y a juste un soir où il m'a demandé : « Mais pourquoi tu m'engueules ? » J'ai répondu : « Tu le sais très bien. » Et l'incident a été clos.

Quand je suis allée faire l'écho, le Dr Dumas m'a dit : « On n'avance pas, vos ovaires doivent être fatigués parce que vos ovocytes sont tout petits. »

Il m'a dit ça sans méchanceté, un peu comme s'il parlait tout seul, mais ça m'a tuée.

Je suis sortie et je suis allée m'acheter le DVD de *Peau d'Âne*, ça, au moins, c'est poétique... Je suis rentrée chez moi, je l'ai regardé au lit et j'y suis restée jusqu'à 3 heures de l'après-midi.

Le jour de la réimplantation a été terrible, Dumas m'a dit : « C'est *Apocalypse Now*, il n'y en a plus qu'un sur huit ! » Un cauchemar. Il faudra que j'arrive à lui en parler, je sais qu'il n'a pas le temps de faire de la psychologie, mais vraiment, c'est l'enfer.

Quand je suis sortie, il pleuvait, il y avait tellement de vent que j'avais du mal à marcher, j'ai cru que j'allais crever. Et puis, en chemin, j'ai croisé un homme à vélo qui prenait la pluie en chantonnant un truc stupide comme quoi la vie est belle, et sur le moment ça m'a fait du bien.

On a décidé de ne plus rien dire à personne, c'est Philippe qui l'a voulu. Il m'a dit qu'il ne supportait plus la situation. J'ai l'impression qu'il passe par la même crise que moi avec quelques mois de décalage, c'est peut-être l'effet de son début de thérapie... Il faisait les cent pas en répétant : « Marre d'être différents. Marre de sentir qu'on nous plaint. Marre d'être les pauvres Natacha et Philippe. »

Je suis soulagée de le voir craquer, je crois qu'il en avait besoin.

Après chaque FIV, c'est la même chose, mes amies me demandent : « Quand est-ce que tu appelles le médecin pour savoir ? » C'est vrai que les autres ne comprennent pas, elles ne réalisent pas que le médecin n'a rien à me dire, c'est moi qui devine que c'est fichu quand je sens venir mes règles.

Je le leur ai déjà dit, mais elles ne m'écoutent pas.

Il y a cette douleur sourde qui s'installe dans mon ventre et m'annonce que ça n'a pas marché. Il faut tenir toute la journée pour rentrer et pouvoir enfin pleurer sous la douche. C'est le pire moment...

Oui, c'est sous la douche que je pleure. Avant, je prenais des bains, mais j'ai arrêté.

Vous n'imaginez pas comme on peut être malheureuse dans un bain. Et ceux-là sont interminables. J'y suis restée assez longtemps pour souhaiter ne plus jamais en sortir.

Alors des douches. En tout cas, la salle de bains est le seul endroit où on me laisse tranquille, où je peux enfin me poser.

J'attends, je me retiens, je laisse la vapeur s'accumuler et me protéger de l'extérieur.

Et je pleure à gros sanglots. Je sens que mon corps se vide, je regarde l'eau s'écouler. Elle emporte tout : mon sang et mon espoir d'être mère. C'est tout mon intérieur qui pleure, je pleure avec mon ventre autant qu'avec ma tête. En me demandant pourquoi il n'y a pas de place en moi pour un enfant.

Parfois je reste prostrée pendant des heures, à me dire que si je n'arrive pas à donner la vie, c'est comme si j'étais déjà morte.

Pourtant, aujourd'hui, je sais vraiment pourquoi je veux être mère : j'ai envie de construire, de donner, de transmettre.

Je gère mieux les questions des gens : quand on me demande pourquoi je n'ai pas d'enfants, je ne m'énerve plus. Je dis juste : « La nature n'est pas généreuse de la même manière avec tout le monde. » En général, ils n'insistent pas. Certains me demandent si ça me manque de ne pas avoir d'enfants, je réponds : « Je ne sais pas, je n'en ai jamais eu. »

Ma mère m'a appelée pour me souhaiter une bonne année, je l'ai envoyée promener.

J'étais en plein syndrome de rangement par le vide, autant vous dire que j'étais très occupée.

J'ai mis une nouvelle recharge dans mon agenda.

Un paquet de feuilles résume l'année qui vient de s'écouler. Sans rien qui compte. Sans rien qui reste.

Mais je m'accroche encore, je refuse de commencer à désespérer alors que je n'avais même pas fini d'espérer.

En fait, je ne sais toujours pas pourquoi je suis là. Vous avez des enfants, vous ?... Combien ?...

Si, ça a un rapport. C'est peut-être pour ça que je viens vous voir.

Pour accepter d'être femme sans être mère.

Pour essayer d'admettre que je suis une femme comme vous.

Chapitre 55

Je ne sais pas si Victor me pardonnera un jour.

Je me demande ce qui m'a pris, il n'y avait pas pire façon de lui apprendre que je l'ai trompé...

Sauf que je l'ai fait exprès. Il avait besoin d'un électrochoc. Moi aussi, d'ailleurs.

Et maintenant, quoi ?

Maintenant, on est mal tous les deux. Au moins, passé le coup initial, les choses ont été dites sans violence. Sans vacheries inutiles. Il a compris que je ne cherchais pas à le faire souffrir, juste à le faire réagir.

Après tout, ce dont j'ai toujours rêvé, c'était simplement une relation d'égal à égal. Les yeux dans les yeux.

Elle est folle, cette Hémorroïde.

C'est terrible, ces couples qui ne prennent plus de pincettes, au point de se déchirer froidement devant n'importe qui.

On commençait à leur ressembler, et ça, je le refuse.

Je lui parlais de plus en plus mal, et il me laissait faire. Je n'aurais pas pu continuer à le respecter.

Comment s'appelait ce garçon que je croisais à l'époque où j'ai rencontré Victor ? Il me plaisait terriblement, je sentais que c'était réciproque, mais aucun de nous n'a osé faire le premier pas.

Il y a Jeff aujourd'hui qui a osé le faire, et maintenant je ne sais plus.

Je me dérobe devant ce qui constitue peut-être une chance d'être heureuse. Peut-être parce que je ne peux plus continuer à vivre en attendant d'être choisie.

J'aimerais pouvoir me dire que je ne suis pas venue au monde uniquement pour répéter les mêmes erreurs.

Je me demande ce que serait ma vie aujourd'hui si j'avais osé poser les bonnes questions aux bonnes personnes. Si j'avais pris le risque d'entendre la vérité.

J'étais trop occupée à me fabriquer des limites.

Parfois, j'ai l'impression que la peur est le seul sentiment qui me soit familier. Le seul qui m'accompagne avec une telle fidélité.

Ne plus penser au passé. Pour une fois, tenter d'aller de l'avant. Je me revois ado, écoutant en boucle cette chanson de Lennon qui disait que la vie, c'est ce qui arrive pendant qu'on est occupés à faire d'autres projets. Ça me parle plus que jamais. Pourtant quelque chose pourrait s'ouvrir devant moi. Si je le décidais.

Je n'ai plus le temps d'attendre, après ce sera trop tard.

Pas le temps d'attendre que la mort nous sépare, monsieur le maire.

Si seulement j'avais la force. Je n'ai jamais été capable de m'engager sur un chemin sans savoir où il m'entraînerait.

Il y a eu ce drôle de moment ce matin, quand j'attendais que le feu change pour traverser. Je n'attendais que ça, impatiemment, mais, malgré tout, quand le bonhomme est passé au vert, il a fallu une bonne seconde avant que je parvienne à décoller ma jambe du sol. Je n'avance pas, j'ai l'impression d'être un escargot. Un escargot déprimé.

*
* *

Je n'aurais jamais cru que je serais si déconcertée à l'idée de vivre ma vie.

Traverser. C'est tout ce que j'ai à faire.

Et me rendre à l'évidence.

Je dois arrêter de tricher et quitter Victor.

Même si je l'aime tendrement, même si c'est le père de mes enfants.

Même si je n'ai rien de concret à lui reprocher. Juste de ne pas savoir me rendre heureuse.

Lui expliquer qu'il n'est pas mon ennemi. Simplement que je n'arrive plus à vivre à ses côtés.

Accepter d'avoir le mauvais rôle, être celle qui aura tous les torts aux yeux du monde.

Endosser la responsabilité d'avoir brisé ma famille face à mes enfants.

En supporter toutes les conséquences.

Assumer la culpabilité qui pointe déjà.

Être moins concernée par ma petite personne.

Ne pas me mentir en pensant que Jeff remplacera Victor. Je ne sais même pas s'il voudra de moi une fois que je serai libre.

Pour une fois, ne pas agir en fonction des autres.

Partir pour moi.

Composé et édité par HarperCollins France.

Achevé d'imprimer en avril 2019.

BLACK PRINT

Barcelone

Dépôt légal : mai 2019.

MIXTE
Papier issu de sources responsables
FSC® C108412
FSC
www.fsc.org

Pour limiter l'empreinte environnementale de ses livres, HarperCollins France s'engage à n'utiliser que du papier fabriqué à partir de bois provenant de forêts gérées durablement et de manière responsable.

Imprimé en Espagne.